굿 피플 프로젝트

굿 피플 프로젝트

초판 1쇄	2022년 4월 8일		
지은이	이선		
출판책임	박성규	펴낸이	이정원
편집주간	선우미정	펴낸곳	도서출판 들녘
편집진행	이동하	등록일자	1987년 12월 12일
디자인진행	김정호	등록번호	10-156
일러스트레이션	메아리		
편집	이수연·김혜민	주소	경기도 파주시 회동길 198
마케팅	전병우	전화	031-955-7374 (대표)
경영지원	김은주·나수정		031-955-7384 (편집)
제작관리	구법모	팩스	031-955-7393
물류관리	엄철용	이메일	dulnyouk@dulnyouk.co.kr

ISBN 979-11-5925-725-4(04810)

굿 피플 프로젝트

이선

gobl

목차

1

조세열 컴퍼니 지하에는 회색인들이 있다.

지옥불에서 튀어나온 것만 같은 이 종족은 조세열 소유의 석탄 광산에서 발견되었다. 폐쇄된 지 오래인 광산을 폭파하고 그 위에 고급 리조트를 지으려고 사전 조사단을 파견했을 때였다. 광부 세 명, 회사 임원 한 명, 지질학자 두 명, 건설부 공무원 한 명으로 이루어진 일곱 명의 사전 조사단은 갱 안으로 들어갔다. 광부 하나가 강도 측정용 석탄 샘플을 채취하기 위해 곡괭이로 갱의 벽을 힘껏 내리찍었을 때, 그곳에선 회색 피가 뿜어져 나왔고, 곡괭이 찍는 소리에 화답하듯 끔찍한 소리가 울려 퍼졌다고 한다. 손전등을 비추어 보니 석탄 덩어리에 박힌 수

십 개의 눈이 깜빡거리고 있었다.

조세열은 그것들을 산 채로 잡아다가 조세열 컴퍼니 지하에서 사육하고 번식시켰다. 지하 깊숙이에 정확히 몇 마리가 있는지는 파악할 수 없었다. 조세열은 그것들에게 '회색인'이라는 이름을 주었다. 회灰는 타고 남은 재를 뜻하니 잿빛 피부를 지닌 그것들에게 제법 잘 어울리는 이름이었다. 사실 어울리지 않는다 해도 회색인들은 개의치 않았을 것이다. 그것들은 이름이 아니라 살코기를 원했다. 회색인들은 사람 고기로 구이나 탕 같은 걸 만든다. "특히 인간 머리뼈에서 국물이 잘 우러나. 구수한 냄새가 난다네."

조세열은 그렇게 말하면서 웃었다.

조세열은 세상을 지옥으로 만들 계획을 세웠다. 회색인은 그 지옥의 시작이 될 것이다.

하지만 조세열이 나쁜 것만 준비한 것은 아니다. 좋은 것도 준비했다.

바로 완벽하고 아름다운 지하 도시 **[열반]**이다.

눈이 멀고 숨이 멎어 걸음을 멈추게 될 정도로 푸르고 파랗고 노랗고 하얀 네 개의 산들로 둘러싸인 숲속 가운데에 여의도 면적만 한 분지가 있다. [열반]은 그곳에서 엘리베이터를 타고 14미터 내려가면 나오는 지하 도시다. 16킬로미터 떨어진 곳에서 50메가톤급 핵폭탄이 폭발해도 견딜 수 있고, 시속 725킬로미터의 강풍과 매그니튜드 10의 지진도 이겨낸다. 지면 온도가 10일 동안 섭씨 675도 이상으로 유지돼도 안전하고, 홍수가 일어나도 최대 3주간 버틸 수 있다. 물 공급 시스템, 발전 설비, 온도 조절 및 환기 시스템, 통신 설비 같은 기본 생존 시설은 물론이고, 방송국, 병원, 학교와 극장, 체육관까지 있다. [열반]이 있는 숲은 사방에 전기가 흐르는 철책을 쳐 보호하고 있으며, 동서남북의 산속에는 각각 경비대를 두어 혹시나 있을지도 모르는 외부의 침입에 대비하고 있다.

턱이 뾰족하고 눈썹꼬리가 길고 가느다란 조세열이 내

쪽으로 상체를 비스듬히 기울이고 울림이 강한 목소리로 말했다.

"잘 들어. 나는 세상을 지옥으로 만들 거야."

입속에서 한참 굴리다 나온 것처럼 동그랗고 반질반질한 말들이었다. 오랫동안 마음속에 숨겨둔 이야기들이 되새김질을 거듭하면서 단단하게 뭉쳐지고 또 뭉쳐지면서 짙은 회색의 작고 찐득거리는 구슬이 되었다. 그 구슬은 가슴에서 목구멍으로, 목구멍에서 입 밖으로 내뱉어졌다.

"이 땅에 발 디디고 살며 이 공기로 숨을 쉬는 모든 것은 끔찍한 고통에 몸부림치게 될 거야. 아무도 구해주러 오지 않는 암흑 속에서 희망도 없이 살게 되겠지. 구원의 소리를 들으려고 귀를 기울여도 들리는 건 오직 자신의 비명밖에 없을 테고."

조세열은 의자에서 벌떡 일어서더니 양손을 맞잡고 비비면서 서성거렸다. 보지 않으려고 애쓰면서도 뭔가에 이끌리듯이 창밖을 힐끔힐끔 쳐다보았다. 무엇인가를 기다리는 듯했지만, 기다림을 들키고 싶어 하지 않는 듯했다. 사무실 중앙에는 얇은 특수 합금 소재로 만든 거대한 대야 모양 호수가 있었는데, 알록달록한 물고기들이 연한 초록빛 물속에서 헤엄치고 있었다. 그는 물속에 손가락을 담그고 물고기를 부드럽게 어루만지며 계속 말했다.

"인류는 신이 대충 만들어서 검사만 받고 서랍 어딘가에 쑤셔 박아놓은 채로 까맣게 잊어버린 여름방학 숙제 같은 거야. 안 그런가? 인간은 글러먹었어. 벌을 받아야 마땅한데 신이 게을러서인지 아니면 잊어버려서인지 벌을 줄 생각조차 없는 것 같단 말이지. 그런데…"

조세열은 갑자기 말을 멈추고 민머리 뒤통수를 동그랗게 감싼 반고리형 띠처럼 남은 머리카락을 쓰다듬었다.

"그런데 말이지. 잠들기 전 선한 사람들 몇몇의 얼굴이 자꾸 떠올라. 하나씩 번갈아가면서 감은 눈꺼풀 아래에서 회전을 해. 얼굴만 동그랗게 오려 붙여서 회전판을 만든 것처럼 돌고 돌고 돌고. 내 머리가 돌아버릴 지경까지 돌고, 또 돌고, 계속 돌아."

마르고 키가 큰 조세열의 눈에서 선한 빛이 흘러나왔다. 낯선 눈빛이었다.

"혹시 수면제가 필요하신 거라면 의사를 호출하도록…."

나는 조심스럽게 그의 말을 끊었다. 하지만 그는 내 말을 듣고 있는 것 같지 않았다.

"건물 경비 얼굴도 자꾸 보여. 그치는 말이지. 월급이 형편없잖아. 형편없는 돈을 받고도 흐트러짐 없이 꼿꼿한 자세로 정문을 지키고 서 있어. 내가 돈을 줘도 도무지 받으려고 하지 않더군. 월급을 받으니 다른 돈은 필요 없대. 그리고 편의점 여자도 있어. 그 여자는 찡그리고 있는 걸 한 번도 못 봤어. 남편이 밤새도록 두들겨 패서 입술이 터지고, 눈도 시퍼렇게 멍들었지. 그런데 울어서 퉁퉁 부은 얼굴을 하고도 아침이면 말갛게 갠 날씨 같은 표정을 지어. 좋은 여자야. 안 그런가?"

나는 마지못해 고개를 끄덕거렸다. 하지만 그는 내 동의가 필요해 보이진 않았다.

조세열에게 돈은 이미 중요하지 않다. 돈이라면 차고도 넘쳤다. 그는 당신이 알고 있는 대부분의 '것'과 '곳'의 주인이다. 병원과 학교 같은 것들은 물론 말할 필요도 없다. 모두 교묘하게 가려져 있지만, 근원을 찾아 거슬러 올라가다 보면 그곳엔 어김없이 '조세열 컴퍼니'가 있다.

조세열은 돈에 대한 욕망이 충족되면서 '인간다움'에 집착하게 된 것이 분명했다. '인간답다'는 것이 정확히 뭘 의미하는 건지는 잘 모르겠다. 다만 확실한 건 조세열의 '인간다움'이 '감상주의'와 나란히 어깨동무하고 나타났다는 것이다.

'조세열 컴퍼니' 직원들 사이에선 조세열을 두고 눈빛도 많이 부드러워지고 사람이 변했다고 수군대는 소리들이 심심찮게 들렸다.

"너도 어머니가 있을 테지."

어머니까지 입에 올리는 걸 보니 감상주의가 중증이다. 상태가 이 정도면 나도 체념이다. 이대로 두면 그는 **지옥**

프로젝트의 가장 큰 방해 요소가 될 것이다.

예전에 조세열을 제외한 가족들 모두 불의의 사고로 사망했다는 이야기를 들은 적이 있다. 어쩌면 최근 조세열의 마음이 약해진 원인 중 하나는 가족을 향한 그리움일지도 모른다. 그래서 우울증이 생겼을 수도 있다. 만약 우울증 때문에 선한 사람들을 구하고 싶다는 엉뚱한 결심을 했다면, 조세열의 증세에 어떤 조치를 취해야 할지에 대해 회의를 열어야 할 것이다. 그의 주치의와 정신과 전문의, 심리 상담가와 말이다. 회의에 참석할 전문가 명단을 작성하기 위해 본회의에 앞서 예비회의를 한 번 더 해야겠지. 그리고 그 예비회의에 참석할 직원을 고르기 위해 예비회의를 위한 예비회의를 해야 한다. 이런 식으로 회의가 줄진 않고 하나씩 추가되기만 한다면, 프로젝트를 제대로 가동하기도 전에 정말로 지구의 종말이 올지도 모른다. 그리고 자연의 섭리에 따라 지구의 마지막이 오는 그날에도 나는 회의 테이블 앞에 앉아 있어야 할 것이다.

"없습니다. 얼굴도 모릅니다. 참고로 미리 말씀드리자면 아버지도 마찬가지입니다."

거짓말이다. 나는 거짓말을 했다. 생물학적으로 엄마, 아빠라고 불리는 그들을 본 건 다섯 살 때가 마지막이긴 했지만, 난 아직도 그들의 얼굴을 또렷이 기억하고 있다.

몽롱한 회색 눈동자를 가진 여자는 내 코끝을 검지로 톡톡 건드리곤 했었다. 코에 닿은 손가락은 소름이 돋을 정도로 차가웠다. 남자는 나와 눈이 닮았다. 큰 목소리로 여자에게 소리칠 때마다 반달 눈매와 굵은 눈썹이 마치 개별적으로 존재하는 생명체인 양 꿈틀거렸었다.

"저런. 안 됐군. 누구에게나 어머니는 필요한데 말이야. 아니면 어머니의 기억이라도 말이지. 나는 우리 어머니가 여전히 생생하게 기억나."

순간 조세열의 눈빛이 번뜩였던 것 같았다. 하지만 다시 보니 아니었다.

세상을 지옥으로 만드는 프로젝트가 시작된 지는 벌써

3년이 지났다.

조세열이 세상에 최소한의 인간만 남겨두고 나머지 인간들을 정리할 계획을 세우고 실행에 옮기기로 결심한 것은 그보다 훨씬 더 오래되었다. 그는 지옥 프로젝트를 위해 자본을 모았고, 뜻을 같이할 사람들도 모았다. 그렇게 탄생한 것이 바로 '조세열 컴퍼니'다.

지옥 프로젝트는 예상보다 훨씬 더디게 진행되었다. 지금도 지옥 프로젝트 팀이 해결해야 할 문제들에 대해 회의하기 위해 나를 기다리고 있다. 이건 동물원이나 백화점을 개장하는 것과는 다른 차원의 일이었다. 조세열의 감은 눈꺼풀 아래로 선량한 사람들의 얼굴이 돌고 돌았다면, 내 감은 눈꺼풀 아래로는 해결해야 할 문제들이 돌고 돌고 또 돌았다.

"경비원의 월급을 올려주기 원하신다면 조치하겠습니다. 편의점 사장의 남편도 적당한 죄목으로 구속시키도록…."

"무슨 일이 있어도 선한 사람들이 고통받게 해선 안 돼. 그래서 난 결심했네. 세상을 지옥으로 만들기 전에 선한 사람들을 모두 [열반]으로 옮겨놓을 거야. 한 명도 놓치지 말아야 해. 신은 언제나 누군가를 잊어버리지. 하지만 난 달라. 한 명도 잊지 않아. 운에 맡겨서는 안 돼. 제대로 해야 하네."

여기까지 말하고 조세열은 검지로 하늘을 가리켰다.

"위로 보내지거나."

그리고 바닥을 가리켰다.

"아래로 보내진 사람들은 하기 싫어도 신이 알아서 지옥을 보여주겠지."

마지막으로 손가락은 나를 향했다.

"네가 할 일은 선한 사람들을 선별해서 보호구역으로 보내는 거야."

2

조세열이 원하는 것은 세상에 지옥을 보여주는 것이지 인류의 멸종은 아니었다.

인간 객체를 보존하기 위해 인원을 선별하여 [열반]에 거주하도록 하는 것이 원래 계획이었다. 유전적, 신체적, 정서적 조건 등을 고려해 선발된 사람들이 이미 [열반]에 거주하고 있는 상황이었다. 그런데 조세열은 이제 와서 '선한' 사람들을 구원해주길 원했다.

이로써 프로젝트 팀의 수백 가지 업무에 두 가지가 더 추가되었다.

인구수에 맞춰서 건설된 보호구역에 '선한' 사람들을 위한 주택 단지를 새로 조성하는 것, 그리고 조세열이 말한 그 '선한' 사람들을 찾아내서 [열반]으로 무사히 옮기는 것.

이 이야기를 듣고 나만큼이나 좌절할 사람이 누구일지 생각하며 회의실로 향했다.

회의실 앞에 김 대리가 있었다. 그는 당연히 나와 함께 좌절할 사람이 아니다.

김 대리는 어떤 업무 지시가 내려와도 절대 거절하는 법이 없었다. 말랐지만 다부진 체형에 딱 맞는 남색 양복을 입은 그는 며칠 밤을 꼬박 새고 온 듯 피곤하고 나른해 보였다. 그는 나를 보자마자 일절 질문도 하지 않고 무표정한 얼굴로 스크린 패드를 내밀었다.

"'굿 피플 프로젝트' 기획서와 회의 일정입니다."

"그런 이름이군. 이 프로젝트가."

"혹시 마음에 들지 않으…"

"상관없어." 나는 스크린 패드에 빼곡히 적힌 일정을 확인하며 김 대리의 말을 끊었다.

"마음에 들지 않으셔도 어쩔 수 없다고 말씀드리려 했

습니다. 들어가시죠."

회의를 마치고 집으로 향했다.

회사에서 집으로 가기 위해서는 지하철 시청역을 통과해야 한다. 회사의 출입구가 지하철과 연결되어 있기 때문이다. 지하철 역사를 통과하는 데는 어느 정도의 각오가 필요했다. 냄새와 소리에 민감한 내게 지하철역은 그런 곳이다.

지린내가 진동하는 역사에 들어서자 바닥 공사하는 소리가 들렸다. 두개골에 대고 콘크리트 못을 두두두두두두두두 박아대는 것 같다. 어쩌면 조세열은 구태여 힘들게 지옥을 만들 필요가 없을지도 모른다. 여기가 바로 내가 생각하는 지옥이고, 사람들은 이미 지옥 한가운데에 있다. 시각장애인이 한 손에는 노란색 플라스틱으로 된 카드 성금 리더기를, 다른 손에는 알루미늄 전기 지팡이를 들고 느린 걸음으로 사람들 사이를 비집고 들어갔다. 그는 노래인지 한탄인지 모를 소리를 낮게 웅얼거렸다.

세상이 지옥이 되면 저런 소리들이 울려 퍼지게 될 것이다. 저런 소리들이 세상을 지배하게 될 것이다. 저런 소리들로만 가득 차서 귀를 막아도 도망칠 수 없게 될 것이다. 고막으로 파고드는 소리에 나는 근원 모를 불안감과 공포를 꿀꺽 삼켰다. 다른 사람들은 담담한데 혼자 난리 칠 수는 없다.

내 쪽으로 걸어오는 그를 피해 기둥 뒤에 서자, 이번엔 회색 마스크와 모자를 쓴 까무잡잡하고 깡마른 할아버지가 나를 노려보고 있었다. 내 얼굴을 꿰뚫을 것 같은 따가운 시선을 피해 다른 곳으로 고개를 돌린다. 기꺼이 노동자가 되기 위해 이 나라로 지금 막 넘어온 듯 보이는 외국인 몇 명이 덜컹거리는 캐리어를 끌고 어딘가로 가고 있었다. 그들이 도착한 곳에는 몸을 간신히 누일 만큼 비좁고 냄새가 나는 더러운 기숙사 방이 기다리고 있을 것이다. 곰팡이 냄새, 땀 냄새, 그중 가장 지독한 냄새는 고향을 떠나온 불안감의 냄새일 것이다.

역에서 나와 광장으로 내려갔다. 20대 젊은 남녀들이 삼삼오오 짝을 지어서 오는 것이 보였다. 광장과 광장 계단에는 대낮부터 수많은 젊은이가 자리를 잡고 앉은 채로 잠을 자고 있다. 늦게 오면 자리가 없고, 사람이 워낙 많아서 누워 자는 것도 허용되지 않는다. 그들은 경찰들이 돌아다니면서 가방을 검사하고 소란을 피워도 아랑곳없이 잘들 잤다. 경찰들은 돌발 사고에 대비해서 주류나 무기가 될 만한 물건들은 모두 압수해 갔다.

2030년대 대공황 이후 폭락한 집값은 다시 서서히 오르기 시작하더니 천정부지로 상승했다. 감히 넘볼 수 없을 정도로. 그래서 지방에서 올라와 대학이나 직장에 다니는 젊은이들은 집을 따로 구하지 않고 이곳에서 잠을 잤다. 광장에서 몸을 네모나게 웅크리고 자는 이들을 **스퀘어 슬리퍼**Square Sleeper라고 불렀다.

그 순간 경보가 울렸다. 미세먼지 농도가 급격히 높아졌다는 것이다. 하늘은 이미 황색 먼지로 뿌옇다. 사람들은 방진 마스크와 보호 안경을 꺼내서 착용했다. 나는 재킷 양쪽 끝에 달린 끈을 잡아당겼다. 방진 코트가 시끄러운 마찰음을 내며 몸을 감싼다. 미처 마스크를 준비 못한 이들은 옷을 벗어 입과 코를 틀어막고 고개를 숙였다. 미세먼지 구름이 몰려와서 앞이 안 보일 지경이 되기 전에 서둘러 집으로 가야 한다.

고층 건물들 사이로 빨강, 초록, 파란색 천막으로 지붕을 인 집들이 불규칙하고 촘촘하게 박혀 있다. 길을 제대로 모른 채 아무 골목에나 들어섰다간 미로같이 구불구불 얽혀 있는 골목들 가운데서 헤매게 될 것이다. 사람 하나 간신히 들어설 수 있는 좁은 골목길은 시멘트를 빈틈없이 발라놓아서 풀 한 포기 자라날 여지도 없다. 시 공무원들은 연초에 배정받은 예산을 다 써버리기 위해서(예산을 남긴다면 그만큼 내년 예산은 삭감될 것이다.) 모든 흙을 시멘트로 덮어버렸다. 말도 안 되는 이런 사업에 정당성을 부여해준 건 조세열이 지원하는 환경연구소였다. 연구소에서는 흙에서 자라는 미생물들이 108가지의 전염병을 옮긴다는 연구 결과를 전문 용어로 장황하게 치장하고 단호하게 마무리한 보고서를 시에 제출했다. 길을 메우는 데 필요한 시멘트는 당연히 조세열의 시멘트 공장에서 구입한다는 조건으로 일은 순조롭게 진행되었다.

시멘트 바닥도, 뿌연 먼지 바람도 상관 않는 아이들은 맨발로 잘도 골목을 누비고 다녔다.

아이들은 내 어린 시절을 생각나게 했다. 다섯 살 때 부모가 감옥에 가고 나서 혼자가 된 나는 보육원에서 자랐다.

보육원의 기숙사는 얇은 합판과 시멘트벽 사이에 단열을 위해 신문지, 종이, 판자, 낡은 매트리스 따위의 쓰레기들을 마구잡이로 쑤셔 넣어 만들었다. 1층엔 말뿐인 놀이 시설과 교실, 식당이 있다. 2층과 3층은 생활관이다. 침실마다 3층 철제 침대 열 개가 나란히 놓여 있다. 밤에는 아이들만 남겨졌다. 당직 직원들이 있기는 했지만 그들은 밤이 되면 자리를 이탈해서 정문을 잠그고 술을 마시거나 춤을 추러 나가곤 했다.

당시 내 부모는 TV와 신문에서 꽤나 유명했다.

말 그대로 나라를 뒤흔들 정도로 유명했다. 부원장은 내 부모가 추악한 범죄자라는 이유로 나를 보육원에 받아들이는 걸 반대했지만, 너그럽고 자애로운 사람의 대표 유형인 원장은 나를 흔쾌히 받아주었다. 귀 끝이 뾰족하고 빼빼 마른 부원장은 지치지도 않고 나를 미워하고 경멸했다. 원내에서 일어나는 모든 악행의 중심은 나라고 생각했으며 심지어 내가 밤마다 악몽을 꾸고 이불에 오줌을 지리는 것조차 자신을 괴롭히기 위한 사악한 계략이라며 호되게 몰아세우고 밥을 굶기곤 했다. 저녁을 굶어야 하는 날에 내게 빵을 가져다주는 사람은 원장이었다. 통통한 체형의 원장이 문을 열고 들어올 때면 봉긋하고 둥글게 솟아오른 배가 제일 먼저 보였다.

내 부모가 무슨 죄를 지었는지 어린 나로서는 알 방법

이 없었다. 부원장이 내가 부모의 범행 이야기를 듣고 똑같이 따라 할까 봐 두려워하여 원내에서 그 사건을 입에 올리지 못하게 했기 때문이다. 지금의 나는 알 수 있어도 알고 싶지 않다.

하지만 부모가 사형당하던 날이라고 짐작되는 하루가 있었다. 그날 나는 원인 모를 고열에 시달리며 하루 종일 침대에 누워 있었다. 운동장에서 다른 아이들이 뛰어놀며 한바탕 까르르 웃는 소리가 들렸지만, 창문에 친 커튼 때문에 뭘 하며 놀고 있는지는 보이지 않았다. 환한 대낮인데도 방 안은 어두웠고, 공기는 서늘하고 갑갑했다. 숨을 들이쉬고 내쉴 때마다 헐어버린 코와 목에서 고통이 느껴져서 온몸이 코와 목이 된 것 같았다. 몸 안의 열기에 눈은 따가웠고 울고 싶지 않아도 계속 눈물이 흘러내렸다. 목이 말라서 시원한 물을 마시고 싶었지만, 일어날 기운이 없어서 마른 침만 삼키고 있었다. 그때 원장의 둥근 배가 보였다. 나는 반가운 마음에 소리쳤다.

"아빠, 목말라요."

보육원 아이들 중 원장을 아빠라고 부르는 애들이 있었다. 그러면 원장은 두툼한 손바닥으로 그 아이의 머리를 쓰다듬어주곤 했다. 평소 나는 쑥스러움이 심해 그럴 수가 없었는데, 그날은 열 기운을 빌려 어리광을 피워보고 싶었던 모양이다.

원장은 천천히 다가와서 내 얼굴을 빤히 내려다보았다. 원장이 가까이 다가오자 커튼 틈으로 들어오는 가느다란 빛줄기가 그의 얼굴을 비추었다. 그제야 그의 표정을 자세히 볼 수 있었는데, 평소와는 달리 서늘했다. 가슴 한 구석이 날카로운 송곳으로 찔린 듯 아파왔지만 다시 한 번 용기를 내 아빠, 라고 부르며 원장의 손을 잡았다.

원장은 감전이라도 된 듯 부들부들 떨었다. 얼굴이 빨개지더니 몸서리치면서 내 손을 세게 뿌리쳤다. 너무 세게 뿌리친 나머지 나는 내 손등에 뺨을 얻어맞고 말았다. 울까 말까 망설이다 울기로 했지만, 눈물이 나오지 않았다. 그는 들릴까 말까 한 작은 목소리로 사과하고 빵이 담긴 봉지를 침대에 던지듯 내려놓고 나가버렸다. 제대로 닫

히지 않은 문틈으로 부원장이 저 악랄한 것이 오늘이 무슨 날인지 알고 저러는 게 아니겠냐고 말하는 소리가 들렸다.

3

폭이 좁고 높아서 기울어진 고층 건물들 사이로 난 좁디좁은 골목길을 걷다가 옆으로 몸을 돌려 간신히 빠져나와 어깨를 쫙 펴고 똑바로 설 수 있게 되었을 때, 고개를 들어 앞을 보면 잿빛 불투명 유리로 둘러싸인 거대한 돔이 보일 것이다. 그곳이 내가 살고 있는 테라스 하우스 타운이다. 주택 30호를 연속 주택으로 일체화하여 디자인한 테라스 하우스 타운은 도로 측 광장에는 공동 정원을, 배면에는 각 집의 정원을 두고, 주택의 반지하층을 창고로 이용할 수 있게 설계한 주택 구역이다. 5미터 높이의 유리 돔으로 둘러싸여 있어서 안으로 들어가지 않고는 벽 너머에 뭐가 있는지 위성조차 볼 수가 없다. 밖에서는 아무리 둘러보아도 타운의 출입문이 보이지 않는데, 입주자의 손바닥을 벽에 가져다 대면 그제야 문이 나타났다.

안으로 들어서면 밖과는 전혀 다른 풍경이 펼쳐진다.

나무는 하늘을 향해 곧바로 자라난다. 풀은 초록색이다. 심지어 공동 정원에는 고상한 회색 깃털과 초콜릿빛 눈, 연분홍빛 발을 가진 비둘기가 먹이를 찾아 우아하게 노닌다. 윤기 흐르는 검은 날개를 보란 듯이 펴고 사람들 머리 위를 날아다니는 아름다운 까마귀도 있다.

아이들은 부드럽고 차가운 흙 위를 맨발로 뛰어다니며 논다. 어른들은 정원에 앉아서 차를 마시거나, 책을 읽거나, 목적지 없는 산책을 한다. 타운 안에선 방진 마스크도 산소캔도 필요 없다. 처음 이곳의 입주민을 모집할 때 분양사가 내세운 광고 문구는 "호흡의 자유가 있는 곳. 마스크를 벗어라!"였다.

대리석 분수대에서 입자 고운 물이 흩뿌려지자 무지개

가 생겼다. 무지개 사이로 아이들 웃음소리가 들렸고, 라미가 보였다. 물빛 린넨 원피스를 입고 맨발로 흰색 스니커즈의 뒤꿈치를 구겨 신은 라미는 아이들에게 노래를 불러주고 있었다. 노랫소리는 휘파람처럼, 산들바람처럼, 끊어질 듯 말 듯 애처롭게 이어졌다.

"예쁜 새가 나뭇가지에 앉아
제일 착한 아이들을 찾고 있어요.
말 잘 듣는 아이 누군가
마음 착한 아이들을 찾고 있어요."

라미는 나를 발견하곤 두 손을 위로 들어 반갑게 흔들었다.

"어이. 이봐."

라미는 채 마르지 않은 단발머리를 풀어헤치고 내게 달려와 안겼다.

라미는 항상 머리를 말리지 않고 다녔다. 젖은 머리가

주는 묵직한 무게감이 좋다고 했다. 머리카락에서 물방울이 후드득 내 구두 위로 떨어졌다. 갈색 양가죽이 빠르게 젖어들었다. 작고 납작하고 축축한 이마가 입술에 닿았다. 나는 라미의 어깨를 잡고 뒤로 당겨서 얼굴을 보았다.

"어떻게 들어온 거야?"

"저기 저 깜찍한 아이가 문을 열어줬어."

라미가 가리키는 곳에는 앞머리를 일자로 자른 아이가 수줍게 웃으며 우리 쪽을 보고 있었다.

"그건 곤란해. 규칙 위반이야."

물론 입주자는 테라스 하우스 타운에 외부인을 데리고 들어올 수 있다. 하지만 그 입주자가 이성적 판단이 불가능하다고 여겨지는 어린아이라면 이야기는 달라진다.

"괜찮아. 우리끼리 비밀로 하기로 했어. 배고파."

라미는 킬킬대며 웃었다. 그러곤 내 팔을 자기 어깨로 들어 올렸다.

라미를 처음 본 건 미용실에서였다.

"얘, 너는 어떻게 된 애가 아무리 해도 늘지를 않니?"

미용실 원장은 라미를 호되게 나무랐다. 라미가 잘라 놓은 내 머리끝은 어이없을 정도로 삐뚤빼뚤했다. 쌀자루 같이 헐렁한 흰색 미니 원피스를 입은 그녀는 쌍꺼풀 없는 작은 눈으로 그저 웃고만 있었다. 핏기 없는 분홍빛 얇은 입술은 파르르 떨렸다.

경제 대공황으로 집값이 폭락하고, 돈이 휴지 조각이 되면서 중산층은 몰락했고, 자살이 유행하기 시작했다. 라미의 부모님 역시 그 거대한 흐름에 편승해 자살했다. 그들은 다정한 사람들이었다. 다만 세상에 더 이상 희망이 남아 있지 않다고 판단했을 뿐이다. 그들은 즐겁고 기꺼운 마음으로 자살을 준비하며 라미에게도 의향을 물었다. 자녀와 함께 자살하는 것도 당시 유행의 일부였기 때문이다. 열네 살 라미는 "아직 전 어리니까, 그러니까 앞으로 어떻게 되어갈지 한번 살아볼게요."라고 말했다. 그녀의 아빠는 대신 어떤 일이 닥쳐도("잘 들어. 힘든 시간이

올 거야.") 지금처럼 희망만을 보라고, 그것만 약속해달라고 말했다. 남겨진 라미는 아빠와 약속한 대로 절대 희망을 놓지 않았다. 사람들이 모두 함께 행복해지는 대신 다 같이 불행해지기로 결심한 것처럼 굴 때에도 라미는 세상이 다시 올바르고 좋은 방향으로 나아가게 되리라고 믿었다.

"난 앞으로 뭔가가 더 있을 것 같아. 신이 내 앞에 뭔가 굉장히 좋은 것을 준비해놓았을 것 같아."

우리가 같이 밤을 보낼 때면, 라미는 내 귀에 대고 속삭였다. "아주 아주 굉장히 좋고 멋진 것, 그러니까 가령 예를 들면 너 같은 거. 아주 아주 멋지고 굉장한 것이 있을 것 같아."라고.

"아까 네가 부르던 노래, 그 노래처럼 말 잘 듣는 게 반드시 착한 건 아니지 않나."

나는 혼잣말처럼 말했다.

"응? 못 들었어. 방금 뭐라고 했어? 착한 게 뭐라고?"

라미는 땅콩맛이 나는 시리얼을 먹다가 숟가락을 내 눈앞에 들이대며 물었다.

"숟가락으로 사람 가리키지 마. 내가 회사에서 하려고 하는 일이 예쁜 새가 하는 일과 같다고 생각했어. 그뿐이야."

나는 라미의 손목을 잡고 숟가락을 빼앗아 탁자 위에 올려놓으며 말했다.

"나뭇가지 위의 그 예쁜 새가 너라고? 네가 작고 귀여운 새라고?"

라미는 웃으며 두유에 젖은 시리얼을 하나씩 꺼내서 내게 던지기 시작했다.

"그런데 말이야. 사람들 사이에서 선한 사람을 찾아내려면 어떻게 해야 할까?"

내가 묻자, 라미는 그제야 웃기를 그만두고 나를 빤히 보았다.

"조세열이지? 조세열과 관련된 거지? 대체 또 무슨 조세열스러운 꿍꿍이야?"

라미는 조세열을 형용사처럼 사용했다.

"조세열!"

그리고 증오의 감탄사로도 사용했다.

도시에서 일어나는 무수한 범죄의 중심엔 조세열이 있다고 라미는 확신했고, 사실 그 확신이 맞았다. 조세열은 범죄적 행각을 끊임없이 설계하면서도 결코 자신의 흔적이 드러나지 않게 했다. 라미의 표현에 따르자면, 조세열은 나쁜 놈들의 나쁜 놈이었다.

라미의 부모님을 자살로 내몬 경제 대공황을 일으킨 장본인도 조세열이다. 그는 아파트를 대규모로 건설했고, 돈이 없는 사람들에게 돈을 빌려주어 집을 사게 했다. 그리고 그 이자로 아파트를 짓고 또 지어서 종국엔 아파트 가격이 폭락했다. 하지만 아파트 가격이 폭락했다고 해서 대출을 갚지 않아도 되는 건 아니었다. 사람들은 대출을 갚기 위해 헐값으로 아파트를 다시 조세열에게 팔았고, 받은 돈을 다시 몽땅 조세열에게 주었다. 그럼에도 불구하고 여전히 엄청난 빚이 남아 있었다. 이 모든 일의 결말은 라미의 부모님에게 일어난 일과 같았다.

"선한 사람들은 왜 찾겠다는 거야? 설마 다 죽이려고? 설마 다 없애버릴 거야?"

"그 반대야. 선한 사람들만 보호구역으로 옮겨줄 거야."

"어째서? 왜? 왜 그 보호구역이란 데에 가야 하는데? 거긴 이름만 보호구역이지, 조세열처럼 위험할 거야. 선한 사람들을 모아놓고 조세열스럽게 사람들을 살해할 게 분명해."

라미는 주먹을 꼭 쥐고 소리쳤다.

"조세열은 세상을 지옥으로 만들 거야."

난 라미에게 앞으로 어떤 일이 벌어질지 미리 말해주었다. 그녀가 아무런 준비도 없이 어느 날 갑자기 지옥이 된 세상과 만나게 되는 것을 바라지는 않았다.

"미쳤니? 조세열도, 너도, 모두 전부 다 미쳤어. 미쳤다고."

라미는 귀청이 떨어져 나갈 듯이 고함을 질렀다. 층간 소음 감지기가 울렸다. 타운 입주민들은 누구도 큰 소리를 내지 않았다. 소란을 피우지도 않았다. 소음 감지기가 1분 이상 울리면 경비대가 올 것이고, 경비대는 라미가 나와 함께 테라스 하우스에 들어오지 않았음을 CCTV를 통해 곧 알게 될 것이다. 그렇게 되면 나도 라미도 곤란해진다. 나는 성가신 일이 생기지 않도록 얼른 라미를 안아서 소리 지르지 못하게 막았다.

"진정해. 그래도 선한 사람들은 보호해준다는 게 조금은 위로가 되지 않아?"

"곧 세상이 끝장난다는 데 뭘 어떻게 진정하고, 대체 어느 부분에서 위로를 찾으라는 거야?"

라미는 물었다. 그녀가 좀 진정된 것 같아서 나는 그녀를 안았던 팔을 풀며 말했다.

"시작이 있으면 끝도 있는 거야."

"그 끝을 조세열 마음대로 내게 해선 안 돼."

그녀는 나를 쳐다보지도 않고, 한 걸음 뒤로 물러서며 말했다.

"그게 조세열이라고 해서 안 될 것도 없지. 크게 달라질 것도 없고."

오히려 조세열이라서 다행이다. 그는 진짜다. 제대로 세상의 끝을 준비해낼 것이다.

지옥이 시작되면 가장 먼저 회색인을 거리에 풀어놓을 것이다. 회색인은 사냥한 사람들의 머리를 쇠꼬챙이로 꿰어서 땅바닥에 질질 끌고 다닌다. 사람보다 키가 작아서 그렇게 운반할 수밖에 없는 것이다.

"조세열이 만든 지옥 같은 건 보고 싶지 않아."

라미는 바닥에 주저앉아 울기 시작했다.

"저런."

나는 갑자기 가여운 마음이 들어 라미의 동그랗고 작은 뒤통수를 쓰다듬었다. 그러자 그녀는 울음을 그치고, 나를 올려다보았다.

"너도 조세열과 한 편이란 말이지?"

"너에겐 유감스러운 일이지만."

"누가 이기나 볼까? 나는 밤마다 기도해. 끝에 가서 누가 이기게 되나 한번 볼까?"

라미는 내 손을 뿌리쳤다. 내 손이 갈 곳을 잃고 허공을 헤매고 있을 때, 라미는 개자식, 이라고 말했다. 비록 입모양뿐이었으나 한 글자, 한 글자 입술에 힘을 실어서 또박또박 말했다.

그러고는 벌떡 일어나 현관문을 부서져라 세게 쾅 닫고 (이 집의 문은 어떤 상황에서도 소리 없이 닫히고, 지진이 나도 부서지지 않는 특수 합금으로 만들어졌지만, 비유적으로 말하자면.) 가버렸다.

라미가 그렇게 떠나고 난 뒤 다시는 그녀를 만날 수 없을 것이라는 예감이 들었다. 그러나 그 예감보다 더 신경 쓰이는 건 라미가 낸 소음 때문에 경비대가 상황을 확인하러 우리 집에 오는 귀찮은 상황이 되어버렸다는 사실이었다.

4

굿 피플 프로젝트Good People Projet가 시작되었다.

나를 포함한 조세열 컴퍼니 직원들은 선한 사람들을 한 명씩 혹은 단체로 보호구역으로 옮기는 작업을 시작했다.

선한 사람들은 다음과 같이 선별했다. 물론 아이들도 예외는 없었다.

선별 기준은 육바라밀六波羅蜜을 참고했다. 육바라밀의 보시, 지계, 인욕, 정진, 선정, 지혜 중에서 객관적으로 평가할 수 있는 보시(조건 없이 남에게 베푸는가?)와 지계(계율을 지키고 악을 막으며 선을 행하는가?), 인욕(박해나 곤욕을 참고 용서하는가?)을 활용해서 기준을 마련했다.

이 기준에 대해서는 회사 내에서도 의견이 분분했다. 하지만 성경, 코란, 불경, 유교 경전 등을 모조리 뒤져본 결과 육바라밀이 가장 적합한 기준이라는 결론을 내렸다. 육바라밀은 생사의 고해를 건너 열반의 피안에 이르기 위해 닦아야 할 여섯 가지 실천 덕목이다. 비록 여기서 말하는 **'열반'**과 우리의 **[열반]**은 전혀 다른 성질의 것이긴 하지만 말이다.

트위터, 페이스북, 유튜브와 신문, TV를 통해서 자신보다는 남을 먼저 생각한 사례와 기사와 미담을 마구잡이로 수집하고 분류했다.

거리에는 **굿 피플 트랩**Good people trap을 설치해서 선한 사람들을 가려냈다.

프로젝트 팀원들이 디오게네스처럼 등불을 들고 거리마다 다니면서 혹은 동요에 나오는 예쁜 새처럼 나뭇가지에 종일 버티고 서서 착한 사람들을 찾을 수는 없는 노릇이었기에 우리는 스퀘어 슬리퍼들을 고용했다.

스퀘어 슬리퍼들은 지하철역 광장에 항상 있었기 때문에 이런 일에 적격이었다. 슬리퍼들은 목적도 알지 못한 채 열성적으로 일했다. 자기들끼리 대본을 짜고, 연출해서 한 편 한 편의 감동적인 소극을 만들어내곤 했다. 길에서 쓰러져 있는 할머니와 노숙자, 울고 있는 어린이, 사고로 다친 강아지와 고양이 등을 이용했다. 스퀘어 슬리퍼들은 우리를 다큐멘터리를 제작하는 대형 영화사 사람들로 생각하고 있다고 했다.

그들이 자주 사용하는 상황극은 다음과 같았다.

한 시민이 엘리베이터에 탄다.

엘리베이터가 움직이기 시작한다. 비상경보가 울리고, 아이가 울부짖거나, 임산부가 비명을 지르거나 할아버지가 넘어진다. 그들은 시민을 꽉 붙잡는다.

그때 줄에 매달린 구급대원이 엘리베이터 위의 비상구를 연다.

"오직 한 사람만 올라올 수 있어요. 제가 두 명을 데리고 올라갈 순 없어요. 어서 올라오세요."

구급대원이 서두르라고 말한다.

엘리베이터 위로 사람을 올려 보내야 한다.

시민은 망설인다.

이제 곧 엘리베이터는 빠른 속도로 추락할 것이다.

시민이 해야 하는 일은 간단했다. A를 선택하거나, B를 선택하면 된다.

A는 타인이고, B는 자기 자신이다. 스퀘어 슬리퍼들은 A를 선택한 시민들에게 마취 패치를 붙이고 중간 지점으로 옮긴다. 중간 지점은 도시에서 차로 열 시간가량 떨어진 곳이다. 지하에 설치된 무빙 레일을 따라 경전철을 타고 이동한다. [열반]에 이미 정착한 샘플(인류 종말을 막기 위해 선발된 인원)과 달리 새로 추가된 선한 사람들은 중간 지점에 대기하고 있다가 세상에 지옥이 시작되면(지옥의 문아, 열려라!) 그때 [열반]으로 옮겨진다. 혹시 [열반]으로 가지 않고 가족과 친구들 옆에 있고 싶어 하는 사람

들은 다시 가족들에게 돌려보내기로 했다. 하지만 기밀 유지를 위해서 일단 지옥이 시작되는 그날이 올 때까지는 중간 지점에 머물러 있어야 할 것이다.

선한 사람들을 선별하는 일은 결코 쉽지 않았다.

대다수의 시민은 다른 사람들을 밀치고 제가 먼저 구급대원을 향해 손을 뻗었다. 어린아이가 48시간 동안 광장 한가운데에 움츠리고 누워 있어도 단 한 명도 거들떠보지 않을 때도 있었다.

하지만 기적처럼 매일 선한 사람들이 어느 정도 모였다.

신이 일정한 비율로 선한 자들을 남겨놓은 것처럼. 오늘은 한 명도 없겠거니 싶다가도, 동시에 십여 명이 나타나기도 했다.

선한 사람들은 말했다.

저들을 먼저. 어서 저 어린이를, 저 할아버지를, 저 여인을, 그녀는 아이를 가졌어요.

저는 괜찮아요. 저는 신경 쓰지 마세요.

선한 자들은 마치 각본에 있는 것처럼 말했다.

그리고 자신을 구해주지 않아도 마지막에는 항상 감사합니다, 라고 말했다.

감사합니다, 감사합니다.

프로젝트 팀 직원에 의해 선별된 자들은 별다른 재평가 없이 보호구역으로 보내졌다. 직원들이 지켜야 할 규칙은 오로지 지인을 임의로 [열반]에 보내서는 안 된다는 것뿐이다. 자신의 부모, 배우자, 형제, 친구가 [열반]으로 보내질지 아닐지는 나중에 세상에 지옥이 열리고 나서야 알게 되는 것이다. 공정성을 기하기 위해서 이 규칙만은 따라야 했다. 처음에 거세게 반발하던 직원들도, 이런 식으로 계속 시끄럽게 군다면 보호구역에 가기 전에 별도 심사를 받아야 할지 모른다는 협박성 짙은 소문이 돌자 다들 잠잠해졌다.

매일 비슷하거나(선한 사람들을 보호구역으로 보낸다는 점에서) 전혀 다르거나(그 선한 사람들이 매일 바뀐다는 점에서) 한 날들이 이어졌다.

새벽에 나가서 밤늦게 들어오거나 아예 집에 들어가지 못하는 날이 많아졌다. 어쩌다 집에 들어오는 날이면 옷도 벗지 못한 채 침대 위에 쓰러져서 잠이 들었고, 꿈을 꿨다. 매번 같은 꿈이 반복되었다.

꿈에서 나는 엘리베이터를 타고 삐그덕 소리가 나는 낡고 허름한 목조 건물의 지하로 내려간다. 엘리베이터를 타면 나는 매번 지하 5층 버튼을 눌렀는데, 언제나 누르고 나서야 큰 실수를 저질렀다고 생각하며 후회한다. 행선지를 바꾸거나 취소할 수는 없다. 너무 늦어버렸다.

엘리베이터에서 내리지 않고도 그 안이 한눈에 다 보일 정도로 작은 방이 층마다 하나씩 있다. 지하 2층에는 청년들이 소파 혹은 러그가 깔린 바닥에 자유롭게 앉아 유쾌한 대화(대화의 내용은 들리지 않지만, 표정을 보면 유쾌한 것이 틀림없다.)를 나눈다. 이따금 폭죽처럼 웃음소리가 터져 나오기도 한다.

지하 3층에는 4인 가족이 정사각 식탁에 앉아 있다. 꽃무늬 테이블보를 두른 식탁 한가운데 놓인 커다란 바비큐립에서 김이 모락모락 오르고, 그들은 다정한 모습으로 식사를 즐긴다.

지하 4층에는 남자아이들이 각자 장난감을 하나씩 안고 싸우지도, 울지도 않고 놀고 있다.

지하 5층이 가까워져오면 철과 철이 맞닿는 끼이익 소리가 난다.

모든 빛과 다정함은 위에 남겨두고 엘리베이터는 차가운 어둠만이 기다리고 있는 밑으로 내려간다. 나는 5층에 도착하기 전에 잠에서 깬다.

식은땀이 뒤통수를 따라 흐르고, 몸에 오한이 일었다. 콧물이 흐르고, 목구멍 안쪽이 뻐근하다. 체온은 38.5도. 감기에 걸린 것이다.

감기는 치명적이다. 한번 걸리면 저절로 회복하기를 기다리며, 따뜻한 생강차나 홀짝이면서 가습기를 틀고 침대에 누워 있는 것밖에 달리 방법이 없다. 의학 기술의 발달도 날마다 영악하게 진화하는 감기 바이러스를 따라잡을 수는 없었다.

조세열 메디컬 센터에서 면역 관리를 철저히 받았는데 어디서 바이러스에 걸린 것인지, 어느 지점에서 면역 체계에 구멍이 뚫린 건지 알 수가 없다. 출근 전에 메디컬 센터를 방문해서 의사와 면담했다. 치료를 위해서라기보다는 원인과 출처를 밝히고 다른 직원들에게 옮기지 않기 위해서였다. 운이 나쁘면 일주일 정도 격리당할 수도 있지만, 무균실에 있으면 텅 빈 우주에 홀로 남겨진 듯한 청결한 고독을 즐길 수 있다. 하루 다섯 번 제공되는 병원식도 마음에 든다. 하지만 요즘 같은 바쁜 시기에 격리는 난처하다. 입원을 피할 수 있으면 피해야 한다.

담당의는 배실배실 웃으면서 볼펜을 살찐 손가락 사이에 넣고 돌리며 문진을 시작했다.

칼로리 제한 알약이 개발된 이후론 뚱뚱한 사람을 잘 볼 수가 없는데, 담당의는 드물게 뚱뚱한 사람이다. 애써 먹은 음식을 헛되이 할 수 없다는 신념으로 칼로리 제한 알약을 섭취하지 않는 부류임이 틀림없다. 소위 '낭만적 비만자'라고 불리는 자들 말이다.

"어디 보자. 영양 섭취는 충분히 이루어졌습니까?"

"센터에서 제공하는 하루 세 번의 식사와 세 알의 영양제 모두 빠뜨리지 않고 먹었습니다."

"좋아요, 좋아. 그럼, 음… 수면 시간은 일정합니까?"

"적정 수면 시간은 지키려 하고 있습니다만. 어쨌든 잠이 안 와도 누워 있기는 합니다."

"잘했네요. 에, 또… 업무량은 늘었습니까?"

"늘긴 했지만, 힘들지는 않습니다."

"세상에 안 힘든 업무가 어디 있답니까? 흠, 그러면…."

의사는 차트와 볼펜을 책상 위에 내려놓고 나를 유심히 쳐다보았다.

"최근 이별을 경험한 적 있으십니까?"

나는 즉시 대답하지 못하고 망설였고, 의사는 오호라 이거였구나, 하는 듯 흡족한 미소를 지었다. 다시 볼펜을 들고 소리 내어 말하면서 또박또박 한 글자씩 차트에 기입했다.

"이별 증후군으로 인한 전형적인 면역력 약화."

"여자친구와 헤어진 건 사실이지만, 이것과는 상관없습니다."

"혹시 민히제스턴 증후군은 겪으셨습니까?"

"그게 뭡니까?"

"헤어진 연인들 사이에 많이 나타나는 증상인데, 그리움과 슬픔으로 심장이 1~2초 정도 멈추는 거죠. 네가 많이 보고 싶어. 흑. 억. 숨이 안 쉬어져. 이렇게 말입니다."

"없습니다. 그리고…"

"그럼 민히제스턴 증후군은 없는 걸로 하고."

"여자친구 때문이 아니라지 않습니까?"

"어쨌든 이런 종류는 제가 도와드릴 것이 없습니다. 전염성은 없으니 정상출근해도 좋습니다."

의사는 내 말을 듣지도 않고 단정 지어 말하면서 차트에 뭔가를 더 쓰더니 덮어버렸다.

"이봐요. 이별 때문에 슬퍼서 그런 게 아니라니까요."

나는 항변했다.

"정 그러시다면 약을 좀 드리지요. 이럴 때 효과적인 건 바로…"

"진통제와 수면제겠죠. 가장 센 걸로 주세요."

담당의는 어떤 병이든 이 두 가지 종류의 약만 처방해 주었다. 다른 약들은 아무짝에도 쓸모없다는 굳은 신념을 가지고 모든 환자에게 진통제와 수면제만을 처방해주겠다는 선서라도 한 모양이다. 내가 선수 쳐서 대답해버리자 의사의 아몬드 모양 눈 밑의 애교살이 부풀어 오르더니 파르르 떨렸다. 스트레스성 알레르기임이 틀림없다.

"특별히 이걸 드리죠."

의사는 약품 보관 냉장고가 아니라 자신의 책상 서랍을 열더니 패치 한 장을 꺼냈다. 반창고 모양 살색 패치는 가운데에 날카로운 침 세 개가 나란히 박혀 있었다. 그는 다시 다른 서랍을 열어서 비닐 포장지를 꺼내더니 조심스럽게 패치를 포장했다.

내가 패치를 챙기려 손을 내밀자, 의사는 자기 쪽으로 패치를 당기더니 말했다.

"특별한 겁니다. 특별히 드리는 거예요. 애인 생각에 잠이 안 와서 미칠 것 같은 밤을 위해서 말이죠. 침대 위에 누웠는데 눈은 말똥말똥하고 머릿속엔 그녀만이 가득한 그런 밤이요. 그녀가 그리워서 도저히 안 될 것 같은 그런 밤에 목 뒤에 붙이면 죽은 사람처럼 편히 잘 수 있을 겁니다."

"아니라니까. 이별 증후군이 아니라고."

"네. 네. 아무렴요. 당연히 그러시겠죠."

의사는 어깨를 한 번 으쓱거렸다.

5

메디컬 센터를 나와 바로 조세열에게 갔다. **굿 피플 프로젝트**를 통해 선별한 사람들의 현황에 대해 보고하기 위해서였다.

조세열은 내가 건네준 메모리 바코드를 손목의 스마트워치에 가져다 댔다. 그리고 내게 서류 뭉치를 주었다. 종이 문서를 준다는 것은 여기 쓰인 내용이 극비라는 뜻이다. 종이는 파일이 공유되거나, 저장, 전송되지도 않고, 복원되지도 않는다.

"이게 뭡니까?"

"읽어봐."

문서에는 사람들의 이름이 주소, 연락처와 함께 빼곡히

적혀 있었다. 이름만 들어도 알 만한(이토록 식상한 표현이 어울리는) 사람들이었다. 다국적기업 회장 일가, 국무총리, 종교 지도자, 영화배우, 축구 감독, 가수 같은 사람들 말이다.

"생각보다 진행이 느려. 예산이 낭비되고 있지. 물론 이 정도 낭비는 괜찮아. 크크크큭. 내 이럴 줄 알았어. 놈들이 덥석 미끼를 물 줄 알았단 말이야. 정치인들은 도대체 어떻게 생겨먹은 놈들이길래 세상을 지옥으로 만들겠다고 해도 막을 생각은 하지 않고 오히려 내 앞에 줄을 서냔 말이지. 지만 살겠다고…. 사실은 바로 그런 놈들을 지옥에 남겨둬야 하는데 말이야. 안 그래?"

조세열은 내 어깨를 다정하게 두 번 쳤다.

"일단 여기 이 사람들을 위해서 새로운 중간 지점을 하나 더 만들어야 할 거야. 그 사람들이 일반인들하고 같이 대기하기 싫다니까. 그래서 R호텔에 중간 지점을 만들 계획이야. 건설 비용은 다 따로 청구할 예정이고."

"원래 목적은 선한 사람들을 구원해주자는 게 아니었

습니까? 돈을 많이 내는 사람들이 아니라요."

"프로젝트 팀에서 선발하는 수는 더 줄여야 할 거야. 돈을 얼마든지 더 내도 상관없으니 거주권을 구입하겠다는 사람들이 생각보다 많아서 말이지. 그래서 거주권 가격을 지금보다 열 배 정도는 올려 받을 계획이네."

"처음 계획하신 것과는 다르지 않습니까?"

나는 재차 물었다.

"자네는 내가 이 모든 것을 기획한 이유가 대체 뭐라고 생각하나? 세계 정화? 물론 쓰레기 같은 놈들을 모조리 지옥에서 살게 해서 세상을 정화하는 게 가장 큰 목적이지. 하지만 내가 자선 사업가는 아니지 않나? [열반]을 만드는 데만 해도 돈이 제법 많이 들었어. 장사꾼은 손해 보는 장사는 하지 않는 법이야."

"돈이라면 이미 충분히 많이 가지고 계시지 않습니까?"

"자넨 아직 모르는 게 많아. 돈이란 많으면 많을수록 좋은 거야. 충분히 많다는 표현은 돈에는 해당하지 않지.

아무리 많아도 질리지 않는 게 돈이잖아."

조세열은 웃었다. 그러다 갑자기 웃음기를 싹 거두고 목소리를 낮추어 말했다.

"항상 바라왔던 꿈을 실현할 순간이 바로 눈앞에 있어. 꿈을 이루는 건 물론이고 돈을 엄청나게 벌 기회이기도 하지. 돈은 아무리 많아도 부족해. 어린애가 캐릭터 카드를 모으는 것과 비슷하지. 단지 모으는 행위에 목적이 있을 뿐이니까. 게다가 돈으로는 할 수 있는 게 꽤 많으니 캐릭터 카드보다 낫지 않나? 자네도 직접 두 눈으로 보고 있잖아? 돈으로 지옥도 살 수 있다는 걸 말이야."

"세상을 지옥으로 만든다고 하지 않았습니까? 지옥에도 돈이 필요합니까?"

"당연하지. 최악의 지옥은 자본주의라네."

나는 고개를 들어 조세열을 쳐다보았다. 그도 나를 보았다. 그렇게 몇 분간 우리는 서로를 마주 보았다. 눈을 먼저 피한 쪽은 조세열이었다. 그는 내 시선을 피해 다른 곳을 보며 말했다.

"염라대왕이 어떻게 해서 염라대왕이 되었는지 아나? 이 세상에 태어난 인간 가운데 가장 먼저 죽어서 하늘나라에 도착했을 뿐이야. 그래서 하늘나라 최고의 왕이 될 수 있었어. 가장 먼저 도착한 것도 자격이 될 수 있다네. 나는 세상을 지옥으로 만들고 가장 먼저 그 한가운데에다 말뚝을 박을 거야. 지옥에 사는 사람들은 모두 내게 세금을 내야 할 거야. 그게 내가 정말 원했던 일이지. 그만 나가 봐."

그렇게 말하고 조세열은 가버렸다. 대리석처럼 매끈한 뒤통수에 반고리형으로 남겨둔 머리카락이 오늘따라 유난히 더 도드라져 보였다

6

"피곤해 보이십니다."

보고를 마치고 나오자 김 대리가 나를 찾아왔다.

"저는 자꾸 밤에 잠자는 걸 잊어버립니다."

김 대리는 넥타이를 느슨하게 풀면서 말했다.

나는 조금 당황해서 그의 얼굴을 쳐다보았다. 김 대리가 사적인 이야기를 꺼낸 건 이번이 처음이었다.

"잠들기가 두려운 건지도 모르겠습니다. 잠만 자면 악몽을 꾸니까요."

김 대리는 칠흑 같은 머리카락을 거칠게 비비며 말했다.

"회장님이 무슨 일을 꾸미는지 알고 있었던 거야?"

"네. 무슨 일이라는 것이 제가 생각하는 그 일이 맞다면 말입니다."

김 대리는 넥타이를 다시 바짝 조이고 흐트러진 머리를 가다듬었다. 그러자 그는 금세 본래의 김 대리, 즉 차갑고 이성적이고 절제된 모습으로 돌아와 있었다.

"왜 나한테 알리지 않았지?"

"알려야 했습니까? 죄송합니다. 몰랐습니다."

표정은 전혀 죄송해 보이지 않았다.

"회장님이 당장 명단에 있는 사람들을 위한 중간 지점을 새로 만들라고 하셨습니다."

"이미 선별된 사람들은 어쩌고? 갑자기 부자들을 채워 넣으란 게 말이 되는 소리야?"

"말하자면 그렇습니다만. 돈을 내겠다는 사람들이 몰려들고 있어서요."

"그럴 수는 없어."

나는 조세열이 건네준 종이를 파쇄기에 넣었다.

종이는 잘게 잘게 세로로 찢겨져 나갔다.

"회장님이 시키신 그대로 하는 게 좋을 것 같습니다."

김 대리가 버튼을 누르자, 찢긴 문서는 원래대로 복원되었다.

"이런 건 애초에 우리가 계획했던 일이 아니야. 김 대리, 원래 우리 목적을 착각하고 있는 거 아니야?"

"저는 착각하지 않습니다. 팀장님이야말로 감기 때문에 올바른 판단을 못하시는 겁니다."

"내가 감기에 걸린 건 또 어떻게 알았지?"

"메디컬 센터에서 보고서가 들어왔습니다. 회장님은 아직 모르십니다. 제가 보고서를 따로 빼두었습니다."

"그런 시시껄렁한 것도 다 보고해야 하는 거야? 알아서 해. 회장님이 알아도 난 상관없어."

"아시면 팀장님에게 이로울 게 없을 것 같습니다. 담당의는 팀장님이 아무래도 그 여자 때문에 이성적인 판단을 못…."

"보고서에 뭐라고 했는지 모르겠지만, 의사가 틀렸어. 오진이야."

“그렇다면 제가 라미 씨를 [열반]의 명단에서 제외해도 상관없으십니까?”

“그렇게 말하는 김 대리는 내가 자네 아버지를 명단에서 빼면 어떨 것 같아?”

김 대리가 라미 이름을 알고 있다는 사실에 기분 나쁜 불안감이 스멀스멀 올라오면서 불쾌해지기 시작했다.

“그 남자는 구제 불능입니다. 어떻게 되든 상관없습니다. 애초에 명단에 들어 있을 것 같지도 않습니다. 저는 다만 회장님 말씀대로 선발된 인원을 감축해야 한다고 생각합니다. 사실 [열반]에 들어가기엔 선한 사람들의 수가 지나치게 많은 게 사실입니다. 그리고 며칠 전엔 지역 경찰서장이 연락을 주었습니다. 어떤 여자가 와서 조세열과 지옥에 대해 말하더라고 말입니다. 그녀가 마음대로 떠들고 다니지 못하게 조치를 취해야만 합니다.”

김 대리는 말했다.

“그게 뭐든 그녀는 자기가 하고 싶은 걸 할 거야. 누가 말한다고 듣지도 않을 거고.”

"그렇게 말씀하실 줄 알았습니다."

그는 예의 바르게 웃었다. 자신의 판단이 옳았고, 판단대로 일을 잘 처리했고, 그것이 옳은 결정이었고, 실수가 아니었다는 확신이 묻어 나오는 웃음이었다.

김 대리는 사무실을 나가기 전에 잠시 멈춰 서서 뒤돌아보지도 않고 말했다.

"누군가를 일부러 명단에서 제외하는 일 같은 건 하지 않을 겁니다. 그러니 걱정하지 마십시오. 사실 저는 누가 [열반]으로 가든 말든 상관없습니다."

7

하루빨리 세상에 지옥문이 열리기를 기대하며 흥분되는 듯 거칠게 호흡하는 무섭고 끔찍한 존재, 회색인. 그들은 조세열 컴퍼니 건물 지하에 있다. 건물 지하는 지하철 1호선 시청역의 터널과 연결된다. 보안 등급 최상에 해당하는 직원만이 그곳에 출입할 수 있다.

뼈가 가늘고 연약해 보이나 눈만은 가장 사악한 그것(회색인들 각자의 이름은 없다.)은 회색인들의 대장으로, 굳게 잠긴 쇠창살 뒤에서 다른 회색인들을 지키고 서 있다. 그것은 외면할수록 더더욱 눈을 마주치려고 했다. 축축하고 끈끈한 회색 피부로 뒤덮여 있는 그것의 눈길은 보지 않아도 느껴질 만큼 매섭다. 그것은 내 팔에 닿을 만큼 창살로 가까이 다가왔지만, 밖으로 손을 내밀어 나를 붙잡진 않았다.

지하는 공기도 잘 통하지 않아서 습하고 더웠다. 식은 땀이 목 뒤를 타고 흘러내렸다. 더위보다 더 견디기 힘든 건 냄새였다. 땅 밑에서 부글부글 끓어오르는 시궁창 냄새와 회색인에게 나는 비릿한 냄새가 고약했다.

"나가. 밖. 없어. 해."

대장의 역겨운 목구멍에서 나오는 말들이 내게로 와서 엉겨 붙었다. 질척거리는 목소리가 비굴할 정도로 공손했다.

"해가 졌다면 밖에 나가고 싶다고 말합니다."

김 대리가 그것의 말을 해석했다. 조세열은 대장에게 인간의 언어를 가르치려고 했지만, 단어를 나열하게 하는 수준에 만족해야만 했다. 선생이 완결된 문장으로 말하는 법을 가르치기도 전에 대장이 그를 기름진 고깃국으로 만들어버렸기 때문이다.

"줘라. 줘. 고기사람. 먹어."

"사람고기를 먹고 싶으니 달랍니다."

고기라는 단어를 듣자, 저 보이지 않는 어둠 속에서 회색인들이 쯧쯧 소리를 내며 흥분했다. 혀를 윗니 뒤에 대고 차서 내는 소리 같았는데, 간격을 조절해서 서로 의사소통하는 것처럼 보였다.

"좋아. 소리고기. 없어. 고기."

"사람고기 소리만 들어도 행복하다. 사람고기가 떨어졌다고 말합니다."

"됐어. 해석해줄 필요 없어. 그냥 죄다 고기 달란 소리뿐이잖아."

조세열이 나를 보낸 이유가 바로 이것이다. 회색인들이 고기를 다 먹었다. 회색인들이 배고프다. 이 모든 것이 다 프로젝트 팀이 일을 빠르게 처리하지 못했기 때문이다. 조세열은 회색인들이 기분 전환할 수 있도록 밤에 바깥으로 내보내 사람을 사냥하게 해주라고 말했다.

평소에는 회색인들에게 돼지고기를 제공했다. 시체를 주는 것도 고려해봤지만, 이것들이 죽은 고기는 먹지 않았다.

회색인은 사람을 보관할 때 산 채로 양손을 쇠사슬로 묶어 공중에 매달아둔다. 그리고 장차 일용할 양식이 될 사람들에게 앉았다 일어섰다를 반복하게 했다. 지방과 근육이 맛좋은 비율을 유지하게 하기 위해서였다. 사람들은 가죽이 벗겨지고 살과 근육만 남은 몸으로도 여전히 살아 숨 쉬며 그들의 명령에 따랐다.

철문을 열자 대장이 먼저 나와 사방을 살폈다. 회색인을 이렇게 가까이서 보는 건 처음이다. 조세열이 나에게 직접 회색인 무리를 이끌고 사냥을 하라고 한 것도 처음이다.

대장은 냄새를 맡기 시작했다. 직원들의 냄새를 샅샅이 다 확인하고 나에게 왔다.

작고 매끈한 둥근 머리통이 가슴 바로 아래까지 왔다. 대장은 고개를 들어 나를 올려다보았다. 얼굴은 콧대도 광대뼈도 없고 납작한 원반 위에 구멍 다섯 개를 뚫어놓은 모양이다. 각 구멍마다 거미줄 같은 실먼지가 줄을 치고 있었다. 사이로 바람이 지나가는 듯 공허한 진회색 눈동자가 혐오스러워서 하마터면 발로 걷어찰 뻔했다. 열 살짜리 남자아이처럼 왜소한 체격의 대장은 발로 한 번 걷어차면 저 멀리로 나가떨어질 것 같았다. 내 마음을 미리 알아챘는지 아니면 경험상 터득하게 된 건지 어느새 김 대리가 옆으로 와 진정하라는 듯이 내 팔을 잡았다.

탐색을 끝낸 대장은 안전하다는 걸 확인했는지 쯧쯧 소리를 내었다. 그러자 두 마리가 더 나왔다. 다른 놈들보다 피부에 윤기가 흐르는 대장과 팔과 다리가 길고 가늘게 쭉 뻗은 키 큰 놈 그리고 다른 둘에 비해서 확연하게 키와 덩치가 작은 놈(이놈 머리에는 철사처럼 억세고 구불거리는 털이 네 가닥 나 있다.) 총 세 마리가 우리를 따라서 사냥하기 위해 '39구역'으로 향했다.

39구역의 주택들은 컨테이너 박스를 블록처럼 쌓고 또 쌓아서 만들었다. 그래서 아래부터 위까지 색과 그 빛바랜 정도가 제각각이었다. 구조도 달라서 계단과 계단, 계단과 엘리베이터, 엘리베이터와 엘리베이터가 정신없이 수직과 수평으로 엇갈려 연결되어 있다.

2층 정도 계단으로 올라가다가 엘리베이터를 타고 1층 더 올라서 다시 5층 계단을 오른 뒤 엘리베이터를 탔다가 또 다른 엘리베이터로 갈아타고 한참을 올라가면 대략 100여 층 정도 되는(정확히 몇 층인지 세는 건 불가능하다. 22층과 23층이 맞닿아 있기도 하고, 23층과 25층이 만나기도 한다.) 건물 꼭대기에 오를 수 있다.

39구역에서는 쓰레기를 그냥 창문 밖으로 던져버렸다. 그래서 골목에는 쓰레기가 산을 이루었다. 던질 수 없는 오물들은 그대로 복도로 흘려보냈다. 복도와 계단은 곰팡이와 짙은 초록색 물이끼들 때문에 미끄러웠다. 전기선이 정글의 나뭇가지들처럼 복도 여기저기에 얼기설기 걸려 있어서 목이나 팔다리가 전깃줄에 걸려 넘어지기 일쑤였다.

한때 파라솔로 사용되었을 것 같은 파랗고 빨갛고 하얀 천을 주워다가 창문과 문을 가리는 것이 이 구역의 유행인지 바람이 불면 창문과 문이 일제히 펄럭거리는 모습을 볼 수 있다. 이런 것들 때문에 멀리서 보면 건물은 거대하고 오래된 나무숲 같아 보였다. 안에 살고 있는 사람들의 피를 빨아먹고 사는, 덩치만 크고 양심이라고는 없는 뻔뻔한 고목으로 이루어진 숲 말이다.

이런 식의 고층 건물이 수십 개 있는 39구역은 최하 빈민 구역이다.

시민증도 없고, 주거 허가도 받지 않았으며, 세금도 내지 않는 사람들. 여기는 법적으로 존재하지 않는 사람들이 모여 사는 구역이다. 이곳에선 합법이 불법이고, 불법이 합법이다. 회색인이 주민 몇 명쯤 잡아먹는다고 해서 문제될 것도, 문제 삼을 사람도 없는 곳, 여기는 미래가 없는 곳이다. 스퀘어 슬리퍼조차 방을 거저 준다 해도 이곳엔 들어오지 않았다.

해가 지면 39구역의 골목에서는 사람의 그림자도 찾아볼 수가 없다. 문을 닫아 잠그고 비닐 커튼을 치고 귀를 닫는다. 행여 잠든 아이들의 여린 숨소리라도 밖으로 새어 나갈까 봐 텔레비전과 라디오의 볼륨을 최대치로 올린다. 상황이 이러니 당연히 밖에서 누가 살려달라고 소리를 질러도 아무도 내다보지 않을 것이다.

한밤의 39구역에서 회색인이 노릴 수 있는 대상은 정해져 있었다.

버스를 타고 도심에서 퇴근해 오는 사람들이다. 본래 이 구역엔 버스가 다니지 않았지만, 구역 사람들을 전도하기 위해 대형 교회에서 통근 버스를 마련해주었다. 도심 통근 버스는 오전에 한 번, 밤에 한 번 운행되고 있다.

39구역에 도착해서 회색인들을 풀어주자, 그것들은 버스가 지나는 골목에 철가시가 박힌 구리색 쇠사슬로 신속하고 능숙하게 사람들을 잡기 위한 함정을 설치했다.

녹슬고 군데군데 벗겨진 쇠사슬은 회색인들이 좋아하는 사냥 도구다. 투명한 전기선으로 하면 신속하고 깔끔하게 해결할 수 있음에도 불구하고 회색인들은 자신들의 방식으로 사냥하고 싶어 했다. 회색인들은 포획하는 과정에서 철가시에 찢긴 사냥감의 손목에서 흘러나오는 피를 핥아 먹는 걸 즐겼다.

자정이 조금 넘자 버스가 골목 안으로 천천히 들어왔다. 아래는 노란색, 위는 군청색 페인트로 칠한 버스에는 빨간색으로 '삼구 희망 교회'라고 쓰여 있었다.

"오늘은 다섯 명밖에 안 되는데 괜찮을까요?"

버스가 신호에 걸려 잠시 정차한 사이, 직원 하나가 안에 탄 사람들을 세어보고 말했다. 승객들은 머리를 창에 기댄 채 멍하니 앞을 보거나, 고개 숙이고 잠들어 있어서 우리를 발견하지 못했다.

"다섯이면 충분해. 많아봤자 우리만 피곤해져. 지난번에 열 명이 넘었을 때는 우리까지 나서서 사냥을 도와야 했잖아."

머리를 짧게 친 보안요원이 마취총을 점검하면서 대답했다. 마취총은 피맛을 본 회색인들이 미쳐 날뛸 때를 대비해서 가져온 것이다. 언젠가 회색인들이 직원들까지 공격한 적이 있었기 때문이다.

버스가 가까이 오자 회색인들은 건물의 그림자 안에 몸을 감추었다.

대장이 쯧—쯔쯧—쯧— 소리로 신호를 보내자, 쇠사슬의 양쪽 끝을 잡고 있던 회색인 둘이 쇠사슬을 팽팽하게 잡아당겼다. 버스는 쇠사슬에 걸려서 앞으로 뒤집어졌다. 버스가 굉음을 내며 굴러 넘어지는 요란한 소리에도 역시나 건물 안의 누구도 밖을 내다보지 않았다.

사람들이 기울어진 버스 안에서 기어 나왔다. 머리와 팔다리에서 피를 흘리고 있었다. 다리를 다쳤는지 절룩거리는 아주머니도 있었다. 버스 기사는 벌어지는 일을 눈치챘는지 안에 숨어서 나오지 않았다. 교회에서도 회색인 사냥을 알고 있다는 뜻이다.

사람들은 우리가 서 있는 걸 발견하고는 안도의 숨을 내쉬며 도와달라고 했다.

직원들은 못 본 척 딴청을 피웠다. 보안요원은 휘파람을 길게 불었다.

그걸 신호로 여겼는지 회색인들이 어둠 속에서 나와 모

습을 드러냈다.

사람들은 그것들을 보고 큰 소리로 울부짖었다.

"오, 맙소사."

"살려주세요."

"제발, 하나님!"

"누가 왔어? 누가 온 거야?

머리에서 흘러내린 피가 양 눈에 들어가 앞을 잘 볼 수 없었던 청년이 소리쳤다.

"너희들 어디에서 나타난 거야? 지옥에서?"

그들 중 단발머리 여자는 울지도, 소리치지도 않고 말했다.

대장이 민첩하게 사람들의 손목을 가시 박힌 쇠사슬로 묶기 시작했다. 큰 놈은 사람들의 머리를 주먹으로 내리쳐서 입을 다물게 했다. 작은 놈은 쇠사슬을 들고 단발머리에게로 갔다. 하지만 여자가 작은 놈보다 힘이 셌다. 그녀는 놈을 발로 걷어차고 가까이에 있는 건물로 달려가서 문을 두드렸다.

"문 좀 열어주세요. 살려주세요. 문 좀 열어달란 말이야, 이 새끼들아!"

"젠장. 저년이 동네 사람들 다 깨우겠네."

보안요원이 여자를 쏘기 위해 권총을 꺼내 들었다.

나도 모르게 총부리를 붙잡았다.

"왜요? 총소리 날까 봐서요? 칼로 해요? 조용하게?"

요원은 나를 의아하게 쳐다보며 말했다.

그때 어느새 쫓아온 작은 놈이 여자의 단발머리를 낚아채서 바닥에 패대기쳤다.

그리고 머리채를 잡아 앉히더니 여자의 얼굴이 정면을 향하게 했다. 순간 얼굴에 피가 흐르는 그녀와 눈이 마주쳤다. 그녀는 애원하는 눈빛인가 싶더니 이내 냉정을 되찾고 나를 노려보았다. 그리고 입모양으로 '개자식'이라고 욕을 했다. 라미다. 갑자기 단발머리가 라미로 보였다. 저기서 라미가 얼굴에 피를 흘리며 앉아 있다. 순간 작은 놈이 날카로운 손톱으로 여자의 머리 가죽을 홀렁 벗겨

내버렸다. 놈은 시뻘건 피가 뚝뚝 떨어지는 가죽을 자신의 밋밋하고 미끌미끌한 작은 머리통에 뒤집어쓰고 쯧쯧대며 좋아했다. 현기증이 났다. 요원이 넘어지려는 나를 잡았다. 구역질이 올라와서 토하고 말았다.

"나 원 참. 비위가 이렇게 약해서야. 괜찮으십니까?"

그는 내 등을 두드리며 물었다. 나는 대답 대신 그의 총을 뺏었다. 손이 머리보다 빠르게 움직였다. 총으로 작은 놈을 쏴버렸다. 그리고 옆에 서 있는 대장에게도 겨누었다. 대장은 나를 쳐다보다가 쓰러진 작은 놈에게 달려가서 길고 가느다란 혀로 놈을 핥으며 울부짖었다.

나는 자세를 가다듬고 다시 권총을 겨누었다.

하지만 방아쇠는 당길 수 없었다.

김 대리가 마취총으로 내 가슴을 정면으로 쏘았기 때문이다.

마취약이 순식간에 전신으로 퍼졌다. 목구멍과 코에 알코올 냄새가 올라오고 정신이 희미해지기 시작했고, 나는 라미를 생각했다.

라미는 아랫입술을 깨물며 할 말을 잠깐 참았다가 미간을 찌푸리며 기어코 말을 쏟아내버리곤 했다. 라미는 높낮이가 분명한 목소리를 가졌고, 무슨 말인지 알아들을 수가 없을 정도로 빠르게 말했다. 라미는 가느다란 팔들을 흐느적거리며 마치 몸통과 팔이 분리된 것처럼 힘없이 터덜터덜 걸었다. 화가 나면 나를 원망하는 눈으로 쳐다보다가 돌연 웃음을 터트리곤 했다. 쌀자루 같은 흰색 원피스를 뒤집어써 입으면서 희고 가느다란 손가락으로 원피스 자락을 아래로 끌어 내렸다. 나는 라미를 생각했다.

8

지하 5층이 가까워져오면 철과 철이 맞닿는 끼이익 소리가 난다. 모든 빛과 다정함은 위에 남겨두고, 차가운 어둠만이 기다리고 있는 밑으로 내려간다. 엘리베이터가 5층에 멈춘다. 문이 열린다. 나는 내리지 못하고 망설인다. 앞은 어둠뿐이다. 어둠 속에 뭔가 있는 것만 같아서 꿈속에서도 의지를 기울여 고개를 쭉 빼들고 방 안을 들여다본다. 방 한가운데 고개 숙인 여자가 무릎을 꿇고 앉아 있다. 여자 뒤로는 어둠이 짙다. 오른쪽 구석에서 뭔가가 꿈틀거리는가 싶더니 물컹하고 까만 덩어리 하나가 슬금슬금 기어 나온다.

입을 크게 벌리고(입안에는 톱니같이 날카로운 이빨들이

빽빽하다.) 여자를 머리에서부터 한입에 삼켜버린다. 여자가 삼켜짐과 동시에 나는 꿈에서 깨어났다.

현기증이 나 시야가 흔들렸다.

핸드폰이 울렸다.

분홍색 페인트를 칠한 벽이 나를 몰아세우고 침대에 다시 눕히려고 애썼다.

회색인들의 사냥에서 마취총을 맞았다.

핸드폰이 계속 울렸다.

완벽한 구 형태의 무균 병실 안에서 울려 퍼지는 벨소리가 온몸을 흔들어댔다.

구역질이 났다. 옆으로 몸을 돌리니 뇌가 옆으로 쏟아질 듯 울렁거림이 일었다.

벨소리가 끊기는가 싶더니 계속되었다. 빌어먹을.

간신히 손을 움직여 왼쪽 팔목에 찬 웨어러블 핸드폰의 통화 버튼을 눌렀다.

"여보세요? 여보세요?"

낯선 여자의 다급한 목소리가 들렸다.

"라미가 죽었어요. 라미의 집으로 와주세요."

9

“다행이에요. 오시지 않을 줄 알았어요. 전화를 열 번 넘게 걸었는데도 안 받으시기에 그렇게 생각했어요. 고객 리스트를 보고 연락드리긴 했지만 말이에요. 이 얼마나 끔찍한 일이에요. 세상에, 저는 혼자 모든 걸 감당해야 했어요. 아시다시피 라미에게는 아무도 없잖아요. 정말 아무도 없어요. 아무도.”

여자가 불러준 주소에 도착하자 미용실 원장이 울면서 뛰어나와 나를 껴안았다. 화장기가 없어 평소보다 나이 들어 보이는 마른 얼굴과는 달리 금색 끈으로 단정하게 올려 묶은 머리통은 매끈했다.

"시체는 오늘 새벽 4시에 집 앞 골목에서 발견되었습니다. 자세한 사인은 부검해봐야 알 것 같습니다만, 날카로운 흉기 같은 걸로 목덜미가 갈기갈기 찢겨 있었습니다. 근육과 뼈까지 다 뜯겨 나간 모양입니다."

키가 큰 경찰이 다가와서 말했다.

"혹시 가족 되십니까?"

"아닙니다. 전…."

나를 라미의 무엇이라고 말해야 할지 잠시 망설였다.

경찰은 그런 나를 의심스러운 눈으로 쳐다보았다.

"이분이 장례 비용을 낼 거예요. 그렇죠?"

그렇게 말하는 원장의 눈물은 이미 말라 있었다.

"아, 그러면 뭐 됐어요. 장례 비용을 낼 정도면 가족만큼 가까운 사이겠죠? 여기 비용을 지불하겠다는 서류에 사인해주시면 됩니다. 시신을 확인하고 싶으십니까? 얼굴이 엉망이긴 하지만."

경찰은 나에게 사인보드를 내밀며 물었다.

"아니요. 대신 마지막으로 집 안을 잠깐 둘러봐도 되겠습니까?"

"안 됩니다."

"안 돼요."

경찰과 집주인이 동시에 말했다.

"집 안에서 범행이 일어난 건 아니니 상관없지 않습니까?"

나는 정중히 말했다.

그러자 경찰이 집주인을 쳐다보았다.

집주인은 숱 없는 윗머리를 연신 긁어대면서 곤란하다는 듯 고개를 갸우뚱거렸다.

"사실 이따 오후에 새 입주자가 들어오기로 해서요. 청소하려면 시간이 없어요. 요즘 같은 때에 이렇게 싸게 빌려주는 데도 없어요. 집이 빈다는 소리만 들리면 새 입주자가 나타난다니까요."

"잠깐이면 됩니다. 청소 비용도 제가 내겠습니다."

그제야 그는 엉킨 실타래를 푼 듯 후련한 표정이 되었다. 두툼한 손바닥으로 박수를 짝, 짝, 두 번 치며 말했다.

"에잇 까짓거! 그럽시다. 나도 라미 그 애를 좋아했어요. 착한 애였어요. 안 그래요?"

착한 애였던 라미의 집은 마치 토끼굴 같았다.

너비가 2미터도 채 되지 않는 납작하고 길쭉한 건물이 세 개 겹쳐 있다. 방의 개수를 늘리기 위해서 복도와 문을 없앤 파격적인 구조의 주택에 창문은 양쪽 두 개뿐이었다. 창문이자 출입문이었다. 창문은 다른 집 창문과 맞닿아 있다. 각자의 방을 찾아 들어가기 위해서는 다른 집 창문으로 들어가서 자기 집 창문으로 들어가야 했다. 그래도 이런 방들은 라미의 방에 비하면 형편이 나았다. 세 겹으로 겹친 건물들을 지나면(즉 여섯 개의 창문을 넘어서) 좁은 시멘트 마당이 나온다. 마당에는 가로세로 60~70센티미터 정도 되는 정사각형 구멍이 아홉 개 있다. 마당 귀퉁이에 있는 구멍이 바로 라미의 방이다.

구멍 입구에 라미의 납작한 흰색 스니커즈가 얌전하게 놓여 있다.

나무 사다리를 타고 내려갔다. 정사각형 방은 창문도 없고, 전기도 들어오지 않는다. 축축한 곰팡이 냄새와 어두운 기운이 호흡기와 피부를 타고 빠르게 몸으로 스며들었다.

어떻게 이런 곳에 살면서 신에게 기도할 생각을 했는지 모르겠지만 라미는 기도했다. 잠들기 직전에 기도해야만 신이 들어줄 것이라고 믿었다. 의식이 깨어 있는 이쪽 세계에서 저편의 잠들어 있는 세계로 넘어가기 직전, 그 중간 지점에서 신을 만나게 된다고 라미는 말했다.

라미는 신이 있는지도 모르고 기도했고, 행복이 어떤 건지도 모르면서 살아 있는 모든 것이 행복하기를 기대했다. 나는 그녀에게 신이 없다고 말하진 않았다. 설령 신이 있다 해도 기도할 가치도 없는 신일 것이라고 말하지도 않았다. 다만 그녀가 작고 낮은 목소리로 소리 내어 기도할 때면(소리 내서 기도하지 않으면 신은 못 들으셔, 라고 라미는 말했다.) 돌아누워서 신 같은 건 엿이나 먹으라고 라미가 듣지 못할 정도로 작게 속삭였다. 신이 라미의 기도를 들었다면 내 욕도 들었을 것이 분명하다.

10

사람들은 마음이 약하고, 어리석고, 무력하며, 잘 잊어버렸다.

라미의 집이 있는 골목은 사람들로 북적거렸다. 아이스크림 전동차가 요란한 음악 소리를 내며 오고 있다. 파란 모자를 쓴 청년이 노란색 전동차를 서서 운전한다. 전동차 전면에는 알록달록한 아이스크림 스티커가 잔뜩 붙은 냉동고가 달려 있다. 라미가 자주 말하던 그 아이스크림차다. 라미는 내가 한 번이라도 바닐라 아이스크림을 먹어본다면 아이스크림을 좋아하게 될 것이라고 했다. 나는 전동차에게 길을 내주기 위해 골목 가장자리로 비켜섰다. 명랑한 청년은 환하게 웃으며 골목을 서행하다가 경직된 자세로 서 있는 나를 보고 손을 흔들었다. 나는 나도 모르게 손을 들어 아이스크림을 달라고 했다. 내가 바닐라 아이스크림을 받아들자, 청년은 명랑하게 손을 흔들며 다시 출발했다. 아이스크림차 뒤로 오토바이를 탄 엄마와 어린 아들도 지나갔다. 어린 아들은 덜덜 소리가 나는 오토바이를 운전하는 엄마의 허리를 꼭 붙잡고 노래를 불렀다.

나는 녹기 시작한 아이스크림을 한 입 베어 문 뒤 버렸다. 하얀 아이스크림은 상상했던 것보다 더 달고 차갑고 부드러웠지만 우유 비린내가 났다.

라미의 방 입구에 놓여 있던 흰색 스니커즈가 생각났다. 라미는 하나뿐인 신발도 신지 못한 채 맨발로 밖으로 끌려 나갔다. 라미는 울었을까? 울면서 살려달라고 했을까? 두려워했을까? 혹시 나를 기다렸을까? 내가 나타나서 구해줄 거라고 기대했을까? 마지막 숨을 몰아쉬기 전에 내 이름을 불렀을까?

머릿속에 희뿌옇게 차오르던 잡념을 몰아내면 선명하게 보이는 것이 있다.

조세열이 만들고 있는 지옥은 '자본주의'였다.

자본주의보다 더한 지옥은 없다고 조세열은 판단했다. '조세열 컴퍼니'가 식료품과 공산품을 독점 공급한다. 식료품 가격은 폭등하고 사람들은 조세열의 마트에서 비싼 값에 음식을 사 먹어야 한다. 혼란의 날이 왔을 때 자신을 보호할 무기 역시 조세열의 마트에서 구입해야 할 것이다. 수시로 통행금지 사이렌이 울리고, 그때 밖에 있는 사람들은 모두 벌금을 내야 한다. 교육비, 주거비, 각종 세금이 쏟아진다. 교통비가 오르고 수도와 전기는 시간제로 이용해야 한다. 조세열의 공장을 제외한 모든 공장의 기계들은 가동을 중단하게 될 것이다. 병원들은 모두 문을 닫고 병에 걸려도 치료를 기대할 수가 없다. 사람이 사람을 사고파는 것이 법적으로 허용되고, 사람의 가치는 급격하게 떨어진다.

남을 돌보려 하거나, 무료 의료 센터를 만들거나, 음식을 나눠 먹을 생각을 하거나, 힘을 합쳐서 조세열에게 대항해보려고 할 만한 사람들은 아무도 남아 있지 않을 것이다. 그럴 만큼 선한 사람들은 이미 모두 [열반]에 옮겨졌거나 죽었을 것이다.

라미의 집에서 벗어나, 라미의 골목에서 빠져나와, 라미의 아이스크림을 먹고 나서 나는 조세열을 찾아갔다. 그는 몸에 딱 맞는 흰색 양복을 입고 있었다.

조세열은 내가 입을 열기도 전에 기다란 검지를 입술 위에 살짝 올렸다.

"쉿. 슬픈 이야기를 하기에는 상황이 그다지 좋지 않네. 결국은 어린 게 죽었다네. 바로 조치했지만 어린 것에게는 치명적이었나 봐. 대장이 분노로 날뛰면서 자네를 내놓으라고 했지만 내가 거절했어. 상황을 봐서 다른 사람을 자네 대신 넘겨줄 계획이네."

눈이 좋지 않은 회색인은 사람을 구별할 수 없다. 사람의 냄새를 맡고 위협적인가, 그렇지 않은가를 구분해낼 순 있지만, 개별적인 생김새와 체취는 분간할 수 없었다.

"조세열!"

나는 소리쳤다.

"잠깐. 커피를 다 마실 때까지만이라도 기다려줄 수 없겠나?"

그는 어린아이를 타이르듯 말했다. 인공 호숫가를 둘러싸고 있는 나무 벤치에 걸터앉아서 잔에 든 커피를 음미하며 한 모금 마셨다.

나는 커피잔을 빼앗아서 호수로 던져버렸다. 옅은 갈색 액체가 호수와 그 안의 파란색, 노란색, 검정색, 은빛 물고기들 위로 비처럼 뿌려졌다. 갈색 액체는 물감 녹듯 퍼지며 밑으로 가라앉았다.

"그때 난 열세 살이었어. 부모님과 여동생 둘과 함께 있었어. 네 부모가 우리 집에 왔을 때 말이야. 그들은 발그레하고 오동통한 뺨을 가진 5살 여자애와 솜사탕 냄새가 나는 갓난아이를 거꾸로 들고 바닥으로 세게 던질 때에도 조금도 머뭇거리지 않았어. 킬킬대며 농담까지 주고

받더군. 난 소파 밑에 숨어 있었고, 모든 걸 보고 들었지. 연약한 두개골이 으깨지는 소리가 들렸고 여동생의 피가 숨어 있는 내 귀와 눈에 튀었지."

조세열은 나를 보지 않고 물고기들을 보며 담담하게 말했다.

보육원 시절의 난 잠이 오지 않는 밤이면 나를 낳은 남자와 여자의 죄를 상상하곤 했다.

상상 속에서 그들은 건물을 폭파했고, 아이들을 납치했고, 은행 강도가 되어 인질극을 벌였으며, 선량한 노인들을 속여서 재산을 빼앗기도 했다. 라미가 여기서 이 이야기를 들었다면, 라미는 밤에 잠들기 전에 기도할 수 있었을까? 이야기를 다 듣고 나서도 세상 모든 사람이 행복해지게 해달라고 소리 내서 신에게 부탁할 수 있었을까?

"조부모님은 언론이 불쌍한 어린 것을 괴롭힐 것을 염려한 나머지 경찰에 내가 죽은 것으로 해달라고 부탁했어. 나는 외딴 시골 마을에 숨어 살았지. 할아버지는 부모님이 남긴 재산으로 재단을 건립해서 나처럼 부모 잃은 아이들을 위해 남은 생을 바치셨어. 할머니는 살인자들을 용서한다고 공공연히 말하고 다니는 할아버지와 죽는 날까지 말을 섞지 않았어. 낮에는 용서를 강요하는 할아버지와 밤에는 저주를 강요하는 할머니 밑에서 자란 남자아이에게 가장 잘 어울리는 장소가 어디일 것 같나? 바로 지옥이야. 나는 지옥에 있는데 다른 사람들은 아무렇지도 않게 행복하게 사는 것을 보고 항상 뭔가 잘못되었다고 생각했지. 그래서 사람들에게도 보여주고 싶었어. 지옥을."

"미리 알려주셨더라면 일이 이렇게 성가셔지진 않았을 텐데요. 라미까지 끼워 넣을 필요가 있었습니까?

"나는 네가 지옥에 있어야 할 첫 번째 사람이라고 생각해. 네가 내 손으로 만든 지옥 안에 서 있는 장면을 늘 꿈꿔왔지. 내가 15살쯤 되었을 때, 할머니와 함께 네가 있는 보육원에 갔었어. 너를 죽일 계획을 세운 뒤였지. 보육원 놀이터에서 너는 아이들이 시끄럽게 주위를 맴돌며 놀아도 그저 한 번씩 쳐다보기만 할 뿐 어울리지 않고 구석에 쪼그리고 앉아 있었어. 무슨 생각에 잠겨 있는지 고통스러운 얼굴로 말이야. 그러다 나와 할머니를 발견하고는 쳐다보았지. 우리는 꽤 오랫동안 서로를 마주 보았어. 결국 우리가 눈을 피했지. 할머니는 내 손을 잡고 서둘러 보육원을 빠져나갔고, 다시는 네 이야기를 꺼내지 않으셨어."

조세열은 보육원에서 본 남자아이가 눈앞에 있는 나와 동일한 사람이 아닌 것처럼, 마치 내가 아닌 다른 사람 이야기를 하는 것처럼 나를 보지 않고 계속 말했다.

"하지만 나는 기다렸어. 네가 진정한 행복이 뭔지 알게 되었을 때, 그때 가서 복수해도 늦지 않겠다고 생각했어. 하지만 너는 잃을 만한 걸 아무것도 만들지 않더군. 나는 무엇보다도 네게 가족이 생기기를 원했는데 말이야. 나를 위해서 귀여운 아이들을 가지는 것도 좋았을 텐데. 이왕이면 셋이었다면 더 좋고. 하지만 넌 여자에게 관심도 없더군. 난 복수의 기회가 영영 오지 않을까 봐 조바심이 나기 시작했지. 그런데 그때 구원처럼 그 애가 나타난 거야."

그는 여기까지 말하고 나를 보았다.

조세열이 달라졌다고 사람들이 수군대던 바로 그 다정한 눈빛으로.

"성급한 판단이었습니다. 그녀와 결혼할 생각도 없었으니까요. 왜 엉뚱하고 불쌍한 사람을."

나는 가슴 깊은 곳에서 목구멍으로 솟아 올라오려는 뜨거운 덩어리를 꿀꺽 삼키고 물었다.

"이름이 라미라고 했던가? 라미. 그녀는 내게 행운의 여신이야. 아니 모녀 혹은 모자라고 해야 더 정확하겠지. 임신 중이었으니까 말이야. 아이를 적어도 둘은 낳을 때까지 기다려볼 생각이었는데, 돌아가는 상황이 좀 긴박해져서 말이야. 아쉽게 되었어. 어떤가? 그래도 이제 어느 정도 서로 공평해지지 않았나? 그 여자애가 죽고 나서 말이야."

조세열은 인류를 벌하고 구원하기 위해서, 라는 거창한 목적 때문이 아니라 세상을 지배하고 돈을 벌고 싶어서 지옥을 만들 것이고, 본인 스스로 지옥에 가장 어울리는 악마가 될 것이다.

"전부 그만두겠습니다."

내가 할 수 있는 말은 이것뿐이다.

"세상을 지옥으로 만들고 싶지 않다는 거야? 설마 마음이 바뀐 거야? 마음이 약해진 건가? 이제 와서 착한 사람이라도 되겠다는 건가? 마음대로 해. 하지만 지금 네가 그만두겠다고 해도 바뀔 건 하나도 없어. 이미 지옥은 진행되고 있으니까. 전철을 출발시켰어. R호텔에서 출발한 열차는 [열반]을 향해 가고 있겠지."

"[열반]에 들어가지 못한 선한 사람들은 어떻게 할 작정입니까? 거주권을 팔아서 자리가 부족하지 않습니까?"

"선한 사람들이 세상에 남아 있는 것은 원하지 않아. 그들은 어떻게 해서든 지옥을 다시 살기 좋은 곳으로 돌려놓으려 할 것이고, 그건 내 계획에 반하는 행동이니 두고 볼 수 없지. [열반]에 들어갈 수 없는 선한 사람들은 모조리 다 죽이고 지옥을 시작할 거야. 선한 사람들을 태운 열차는 중간 지점에서 출발해서 도시를 한 바퀴 돌고 다시 도시 안으로 들어오게 되어 있지. 그곳에 도착하면 미리 설치해둔 폭파 장치가 그들을 격렬하게 환영해줄 거야. 출발 전에 폭발시켜도 되지만, 몇 시간이라도 희망을 주었다가 빼앗는 게 더 재미있을 것 같아서 이벤트를 기획해보았네. 상황이 이렇지만 않다면, 자네도 함께 즐거워했을 텐데 말이야. 나는 네가 나만큼이나 세상을 지옥으로 만들고 싶…."

조세열은 말을 제대로 끝맺지 못하고 옆으로 천천히 쓰러졌다.

메디컬 센터의 의사는 내게 해줄 수 있는 건 이것뿐이라며 뒷목에 붙이는 하얀색 작은 직사각형 수면제 패치를 처방해주었다. 효과는 확실히 보장한다고 말했다. 효과가 뛰어난 나머지 어쩌면 붙이다가 바로 잠들어버릴 수도 있다고 너스레를 떨었다. 그는 뺀질거리긴 했지만, 거짓말을 하지는 않은 듯했다. 조세열이 차갑고 끈끈한 감촉을 눈치채고 손을 들어 목덜미를 만지기 전에, 갑작스러운 일에 놀란 눈을 치켜뜨고 나를 쳐다보기 전에, 소리질러 도움을 청하고자 입을 열기도 전에 패치에 붙은 작은 약침 세 개가 피부를 뚫고 들어갔고 혈관에 약 성분이 퍼졌다. 조세열의 동공은 맥없이 풀려버렸다.

11

조세열은 내 어깨에 고개를 떨어뜨리고 잠이 들었다. 잠든 조세열을 부축해서 복도로 나오니 대기 중이던 보안요원들이 우르르 몰려왔다. 김 대리가 그들을 저지했다.

보육원에 막대한 기부금을 내고 나를 부탁한 재단이 있었다는 이야기를 들은 적이 있다. 내가 보육원에서 나와야 하는 나이가 되자 조세열 컴퍼니에서 나를 대학에 보내주었고 생활비도 지원해주었다. 대학을 졸업하자마자 나를 불러준 곳도 조세열 컴퍼니였다. 당시 내가 전혀 의심하지 못했던 이유는 다른 보육원 아이들도 나와 같은 과정을 밟아서 조세열 컴퍼니에 들어왔기 때문이었다.

김 대리도 그중 한 명이었다. 내가 보육원에 가서 그를 데리고 왔다. 침착한 지금 모습과는 다르게 그때의 김 대리는 불안한 눈빛을 가진 아이였다. 많은 아이 가운데서 김 대리를 고른 건 그 눈빛 때문이었다. 다른 아이들은 모두 선택받기 위해 등을 곧게 펴고 초롱초롱한 눈빛으로 나를 바라보았다. 조세열 컴퍼니는 보육원 아이들에게 유일한 기회이자 희망이었다. 선택받지 못한 아이들은 세상에 나가서 스퀘어 슬리퍼 신세가 되는 것이다. 하지만 김 대리만은 내가 아니라 창밖만 보고 있었다.

"회장님이 많이 피곤하신 모양입니다. 잠드신 겁니까?"

김 대리는 나를 도와 조세열을 부축했다. 우리는 엘리베이터에 올랐다.

"이것저것 신경 쓸 일이 많았으니까. 아무래도."

나는 지하 5층 버튼을 눌렀다. 김 대리는 나를 바라보았다. 원하는 게 그거였나, 확신하나, 묻는 듯한 눈빛. 어디선가 본 기억이 있는 눈빛이었다. 내가 보육원에서 김 대리를 선택했을 때도 김 대리는 이런 눈으로 나를 보았다.

엘리베이터는 지하 1층을 지나고 지하 2층을 지난다. 반복되는 꿈과 비슷했다. 나는 꿈에서처럼 어둠만이 가득한 지하 5층으로 내려가고 있다. 꿈과 다른 게 있다면, 어깨에서 느껴지는 온기다. 조세열의 솜털 같은 머리카락은 부드러웠고, 머리통은 뜨거웠다.

"라미, 그분의 얼굴은 보셨습니까?"

김 대리가 물었다.

"아니. 확인했어야 했나."

"확인하셨다면 다른 선택을 하셨을지도 모릅니다."

"아니. 내 선택은 변하지 않을 거야."

"네."

엘리베이터가 지하 5층에 도착했다.

앞만 보고 서 있던 우리는 엘리베이터가 완전히 멈추고 나서야 서로 마주 보았다.

"라미를 살려줘서 고맙다고 말해야 했나?"

"아닙니다."

지하 5층 철창 안에 웅크리고 앉아 있는 대장이 보였다. 대장은 분노에 차 쯧쯧 소리를 내며 달려왔다. 간격이 짧고 힘찬 소리였다. 그것은 여전히 화가 나 있었고, 분노와 슬픔으로 피부의 회색빛조차 옅어진 듯했다.

나는 문을 열고 잠든 조세열을 철창 안으로 넣어주려고 했다. 하지만 한 손으로 조세열을 잡고 한 손으로만 철문을 열기란 쉽지 않았다. 게다가 대장은 철창 밖으로 손을 뻗어서 나를 낚아채려고 했다. 그러자 지금껏 내가 하는 행동을 지켜보고만 있던 김 대리가 다가왔다. 김 대리는 대장을 향해 총을 겨누었고, 대장은 뒤로 물러났다.

"진정해. 선물이야. 네 친구를 죽인 놈이다."

대장은 조세열이 나라고 생각하고 쯧쯧 소리를 내며 좋아했다.

다행과 불행이 공존했다. 다행인 건 조세열이 평소 몸 관리를 철저히 해왔기 때문에 근육과 지방의 비율이 회색인들이 당장 먹어치우기에 적당한 상태일 것이라는 점이다. 불행인 건 수면제의 효과가 너무 강해서 회색인들이 조세열을 다 먹어치울 때까지 그가 의식이 없으리라는 것이다. 대장이 조세열의 야들야들한 귀를 뜯어 먹고 있을 때, 그가 잠에서 깨어난다면 좋으련만.

조세열을 넣자마자 회색인들이 몰려드는 소리가 들렸다.

건물 밖으로 나오니 하늘은 잿가루와 타는 연기가 가득했다.

기침이 발작적으로 터져 나왔다. 기침과 함께 목구멍에서 피가 조금 나왔다. 김 대리의 귀에서도 피가 흘러내렸다. 조세열 연구소에서 개발한 전염병 바이러스가 공기를 통해 퍼져 나가고 있다는 신호다.

"계획대로 진행하는 겁니까?"

김 대리가 물었다. 나는 고개를 끄덕였다.

"시작입니까?"

"시작이야."

나는 대답했다.

"이야기를 다 듣고 나면 마음이 바뀌실 줄 알았습니다."

"과거에서 벗어나고 싶어 하는 사람일수록 과거에 집착하는 법이지. 마치 이미 일어난 일을 되돌리기라도 할 것처럼, 그런 일이 가능하다고 믿는 것처럼 말이야."

조세열이 세상에 있는 한 세상은 충분히 지옥으로 만들 만하다. 조세열은 죽었지만 제2의 조세열, 제3의 조세열이 남아 있다. 반대로 수많은 라미가 남아 있다고 해도 상관없다. 라미가 그랬듯이 그녀들은 매일 밤 잠들기 전 사람들을 행복하게 해달라고 기도할 것이다. 그래도 상관없다. 라미가 그랬듯이 그녀들도 매일 밤 목덜미가 갈기갈기 찢겨 나간 채 죽게 될 것이다.

조세열은 잠들기 전에 R호텔에서 부자들이 탄 경전철만 [열반]으로 출발시켰고, 선한 사람들이 탄 경전철은 다시 도시 안으로 들어오게 했다고 말했다. 하지만 그는 모르고 있었다. 김 대리가 경전철들의 목적지를 재설정했다는 것을 말이다.

경전철들은 3시간을 달려서 각각의 목적지에 도착했을 것이다.

지금쯤 목적지에 멈춰 섰을 것이고 문이 열렸겠지.

선한 사람들이 탄 경전철은 [열반]에 도착했을 것이다.

부자들이 탄 경전철은 3시간 동안 어둡고 더럽고 퀴퀴한 냄새가 나는 지하를 돌고 돌아서 벽에서 빛이 나는 청결한 터널에 도착했을 것이다. 그 터널은 시청역 지하로 연결된다. 시청역 지하는 다시 조세열 컴퍼니의 지하와 연결된다. 전철이 그곳을 향해 우아하고 고요하게 가는 동안 그들 앞을 막는 방해물은 아무것도 없다. 모쪼록 그들이 그곳에 도착할 때까지 [열반]에서의 풍요로운 삶에 대하여 마음껏 웃고 떠들며 행복했기를 바란다.

지상으로 올라오기 전에 나는 회색인들의 철문을 활짝 열어놓았다. 조세열을 다 먹어 치우고 난 회색인들은 곧 사람 냄새를 맡고 전철이 멈춘 곳을 향해 갈 것이다. 그곳에서도 볼일이 끝나면 세상 밖으로 나올 것이다. 사람들이 어디에 숨어 있든지 냄새를 맡아서 반드시 찾아낼 것이다.

지옥이 시작되었다.
힘껏 도망쳐라.
갈 수 있을 만큼 멀리,
버틸 수 있을 만큼 오래.

이제부터 지옥.

작가의 말

이 소설은 모든 '굿 피플'이 사라져서 세상이 진짜 지옥이 되기 직전인 어느 날에 대한 이야기입니다.

어쩌면 지금의 세상이야말로 지옥이 아닐까, 의심이 든 적이 있습니다.

과거의 나는 내가 기억하지 못하는 큰 죄를 저질렀고, 그 죗값을 치르기 위해 이곳에 와 있는 거라고요.

반드시 뿔 달린 악마와 뜨거운 유황불이 있어야만 '지옥'인 것은 아닐 것입니다.

일상의 지옥이 날마다 잔잔하고 은근하게 펼쳐집니다.

세상이 지옥이라는 크고 작은 증거는 수없이 많습니다.

여기저기서 지옥의 증거들을 높이 들어 올리며 소리치는 광경이 보이고 들리는 것 같습니다.

하지만 세상이 지옥이 아니라는 확실한 증거도 저는 알고 있습니다.

수많은 선한 사람들, 즉 굿 피플들의 현존이 바로 그것입니다.

모든 재난 뒤에는 굿 피플들이 어김없이 나타납니다.

전쟁을 일으키는 사람들도 있지만, 전쟁 피해자들을 위해 집을, 식량을, 마음을 기꺼이 내어주는 사람들도 있습니다.

만약 세상을 진정한 지옥으로 만들고 싶은 사람이 있다면, 그는 제일 먼저 굿 피플들을 세상에서 제외해야 한다고 생각했습니다. 그리고 굿 피플들을 보호구역 [열반]으로 옮겨놓아야 하지 않을까 하는 생각에서 이 소설은 출발했습니다.

여기까지 쓰고 다시 읽어보니 자칫 이 소설이 교훈적인 내용이로구나 하고 오해할지도 모른다는 생각이 들었습니다. 그래서 이 소설엔 교훈이라곤 전혀 없음을 미리 알려드립니다.

2022년 3월

이선